사건 너머 마주한 삶과 세상
국선변호인이 만난 사람들

사건 너머 마주한 삶과 세상

국선변호인이
만난 사람들

몬스테라 지음

샘터

"좋은 삶을 꿈꾸는 사람이 많아지기를 바랍니다."

그 누구도 아무렇지 않게 받아들일 수 없는, 상식을 거스른 법 논리에 의한 판결을 목도할 때가 있습니다. 반대로, '법이 이런 일을 처벌하라고 만들어졌나' 하는 의구심이 드는 사건이 있습니다. 때로는 약자에게 법은 가혹합니다. 일반 재판을 받게 되면 유죄가 나올 가능성이 높아 보일 때, 저자와 같은 국선전담변호사는 국민참여재판을 고민합니다. 평범한 국민의 시각으로 무죄를 받아냅니다. 이렇게 기울어진 법의 저울은 조금씩 바로잡힙니다.

　긴 시간 억울한 살인범으로 살았던 재심 사건의 피해자들을 보면서, 엄청난 불행을 감내하기 위해 그만한 크기의 행복이 있어야 하는 건 아님을 알게 되었습니다. 일상에서 만나는 소소한 기쁨이 큰 고통을 견디게 해주었습니다. 저자는 '순간순간을 사는 우리'를 이야기합니다. 아버지가 외국으로 일하러 간 것으로 아는 딸에게 초등학교 입학 선물을 대신 보냅니다. 자신을 위하는 의지와 마음이 자라길 바란다며 재판 날까지 매일 피고인에게 편지를 쓰기도 합니다. 배려와 위로는 '어머니 같은 변호사님'으로 시작하는 편지로 돌아올 때도 있습니다. 저자는 순간의 도움이 누군가에게는 시간이 되어 삶을 이룬다는 것을, 그리하여 굴곡진 인생이 바뀌어갈 수 있음을 믿습니다.

　한때 국선변호를 참 많이 했습니다. 변호인 접견을 하면서 '내가 저 사람과 같은 부모를 만나고 그와 같은 인생 역경을 거친다면 내가 저 자리에 있을 수 있겠다'는 생각이 들 때가 있었습니다. 저자는 '나를 위해 기도하고, 나를 사랑하고, 나를 위해 헌신하는 사람을 실망시킬까봐 두려워하는 마음이 없는 이들'을 변호합니다. 건강한 관계를 맺어본 적 없음을 안타까워합니다. 서로를 잘 알지 못할지라도 조금씩 보듬어주며 사는 길이 사회의 안전망을 짜는 일임을 사건을 통해 경험하고 있습니다.

저자가 실명을 쓰지 않았습니다. 자신이 아닌, 국선변호인으로서 만난 사람들이 주목받는 책이기를 바라는 듯합니다.

저자는 자신을 스스로 지키기 어려운 사람의 곁에 있다는 사실, 비슷한 생각을 가지고 있는 사람들을 만난다는 사실이 안정감을 가져다준다고 했습니다. 속된 말로 '피곤한 일'인데 말입니다. 한 개인의 일탈로 취급되는 사건에도 사회의 모순과 아픔이 보일 때가 있습니다. 좋은 삶이란 우리 사회의 모순과 아픔을 외면하지 않고 연대하는 것이라고 생각합니다. 이 책을 통해 '좋은 삶'을 꿈꾸는 사람이 많아지기를 바랍니다.

박준영 변호사

"우리는 우리 자신으로서 모든 것을 할 수는 없지만, 무언가는 할 수 있습니다."

국선변호인이 되기 전, 10년 넘게 누군가의 사선변호인으로 일했습니다. 당시 매일을 격무에 시달린 끝에 몸이 아파 종합병원에 입원하게 되었습니다. 병원 스피커에서는 수시로 '코드 블루(심정지 환자가 발생하여 다급하게 심폐소생술을 해야 하는 응급 상황)' 방송이 나왔습니다. 그 다급한 소리를 들으며 저는 생각했습니다. '마지막 숨을 쉬는 사람들은 자신의 인생에서 무엇이 중요하다고 생각할까.'

그해, 저는 왜 이렇게 사는지 이유도 모르고 바쁘기만 했던 생활을 끝냈습니다. 그리고 '국선전담변호사'가 되었습니다. 국선변호인의 사전적 정의는 '빈곤 등의 이유로 변호사를 선임할 수 없는 형사 피고인을 위하여, 법원이 선임하여 붙이는 변호인'입니다. 모든 변호사는 국선변호인이 될 수 있고 동시에 사선변호인을 할 수도 있습니다. 그러나 국선전담변호사는 고객으로부터 돈을 받고 하는 일체의 사건을 담당할 수 없습니다. 오로지 국선 사건만 담당합니다.

사선변호인일 때와 마찬가지로 국선변호인으로서 만나는 사람들 가운데 '세상을 구하러' 이 세상에 온 사람은 없었습니다. 모두 그저 전진밖에 할 수 없는 삶을 각자의 환경 속에서 살아낼 뿐이었습니다.

그 치열함 속에서 모든 사람은 행복하고 싶어 하고 건강하고 평온하기를 바랍니다. 그러나 돈이 있건 없건 저마다 힘들고 어려운 일은 만나기 마련이고, 종류는 다르지만 사람은 누구나 노력해도 가질 수 없는 것이 있습니다. 그래도 경제적으로 여유가 있는 사람들은 스스로를 도울 수 있는 경우가 많고, 한두 가지 결핍이 있어도 다른 것들로 채우며 살아갈 수도 있습니다. 그렇지만 경제적으로 어려운 처지에 있는 사람들은 남이 도와주지 않으면 스스로를 도울 수 없는 경우가 많고, 한 가지 결핍이나 단순한 사고만으로도 인생이 막막해질 수 있습니다.

배움이 길든 짧든, 부유하든 그렇지 않든, 사회적 지위가 어떠하든 간에 우리는 모두 사람으로서 비슷한 마음과 영혼, 감정이 있습니다. 제 아버지가 임종하실 무렵, 산소포화도와 혈압이 떨어지고 의식이 없어져 가는 상황에서도 제가 "아빠! 저 왔어요"라고 말하니 아버지는 온 힘을 다해 눈을 부릅뜨셨습니다. 육신이 소멸해 가고 있었지만 아버지의 영혼과 마음이 그 안에 훼손되지 않은 채로 있다는 것을 알았습니다. 보이지 않는다고 없는 것이 아닙니다. 우리는 모두 그렇게 특별한 마음과 영혼을 가지고 있습니다.

그런 우리는 모두 남이 대신해 줄 수 없는 자기만의 전쟁을 하고 있거나 하게 될 외로운 존재입니다. 그래서 우리가 함께 살아가는 데는 타인에 대한 연민이 필요합니다.

서로를 잘 알지 못하더라도 서로에게 관대했으면 좋겠습니다. 이 바람이 이 책을 쓰게 된 유일한 이유입니다.

모든 것을 할 수는 없지만 무언가는 할 수 있습니다. 제게 그것은 나에게 아무런 영향력을 미치지 않는 사람들을 위해 애쓰거나 친절한 것입니다. 이때 저는 표현하기 어려운 정신적인 자유를 느낍니다. 저는 앞으로도 유명해지기를 바라지 않으며, 시간을 내어 주는 대가로 좀 더 많은 돈을 벌기를 바라지 않습니다. 국선전담변호사를 선택함으로써 저의 결핍은 줄었고 삶의 정수에 더 가까이 다가갈 수 있었습니다. 이것이면 충분합니다.

끝으로, 이 책과 인연이 닿은 모든 사람이 평온하고 행복하기를 바랍니다.

몬스테라 드림

차례

나라에서 월급 받는 변호사

사회의 안전망을 짜는 이유

여전히 변방에 서서

나라에서
월급 받는
변호사

나는 국선전담변호사다. 소속된 법원과 재판부
가 정해져 있고 법원에서 사건을 배당해 준다.
모든 국선전담변호사는 사건을 선택할 수 없
다. 재판이 끝나고 피해자가 따라 나와 내게 분
노가 서린 욕을 하리라고 예상이 가능한 사건
이라도 피할 수 없는 것이다.

피고인 딸의 초등학교 입학 가방을 사다

　유난히 화창한 날 오후였다. 남동생에게서 걸려온 전화를 받았다. 폐암에 걸린 상태에서 폐렴으로 대학병원에 입원해 있는 아버지가 곧 임종할 것 같다는 이야기였다. 그 전날에도 괜찮았고, 전화가 걸려온 당일에는 점심 식사도 할 정도로 아버지의 상태는 괜찮았다. 하지만 헤어짐은 늘 갑작스럽게 찾아오기 마련이다. 아버지의 산소포화도는 계속 떨어지고 있었다.

나는 사람의 청각은 마지막 순간까지도 살아 있다고 하니, 아버지의 의식이 없더라도 끊임없이 사랑한다고, 애쓰셨고 감사하다고, 남은 어머니를 잘 돌보고 형제간에 우애 있게 지내겠다고 말하라고 남동생에게 당부했다.

네 시간에 걸쳐 달린 끝에 도착한 병실의 문을 열자 온 힘을 다해서 숨을 쉬고 있는 아버지가 보였다. 의사가 아니더라도 그 가쁜 모습에서 아버지가 지금 이 세상을 떠나고 있는 중이라는 사실을 쉽게 알 수 있었다.

아버지는 가난한 집의 넷째로 태어나 중학교만 나왔고, 20대에는 월남전에 참전했으며 평생 자식들을 교육시키고 먹여 살리느라 고생했다. 마지막 직업은 경비원이었는데, 폐암 진단을 받고서야 일을 손에서 놓을 수 있었다.

나는 연신 아버지의 얼굴을 쓰다듬고 품에 안으면서 귀에 대고 말했다.

"아빠, 그동안 많이 힘드셨지요. 정말 고생 많으셨어요. 저희 공부시켜 주시고 키워주셔서 고마워요. 아빠, 정말 사랑해요."

아버지가 있던 6인실 병실의 환자들은 모두 폐암 환자

였다. 수술을 마치고 퇴원을 앞둔 환자부터 항암 치료를 받고 있거나 곧 요양 병원으로 옮겨질 환자까지 다양했다. 죽음에 대한 불안과 두려움을 가진 다른 환자들에게 충격과 상처를 주지 않기 위해 우리 가족은 차례로 아버지의 귀에 속삭이듯 말했고, 숨죽여 흐느꼈다.

평소 아버지 병실은 보호자들이나 환자들끼리 농담도 주고받고, 음식도 나누어 먹는 등 복닥복닥한 분위기였다. 그런데 그날은 약속이나 한 듯 모두 커튼을 닫아놓고 조용했다. 숙연한 분위기가 감돌았다. 저녁 9시가 되면 병실 전체 등은 끄는 게 암묵적인 규칙이라 다른 환자들을 위해 전등을 끄면 누군가 소리 없이 다시 켰다. 덕분에 우리는 밝은 불빛 아래에서 아버지의 얼굴을 마지막까지 자세히 볼 수 있었다.

아버지를 영안실로 옮길 직원이 오자 다른 환자의 보호자들이 우리 대신 아버지의 짐을 싸주고, 우리가 자리를 정돈할 수 있도록 자신들의 공간을 내주었다. 병실 문턱을 넘기 전에 남은 환자들에게 조용히 허리 숙여 인사를 했다. 나는 소리 없는 애도를 느끼며 병실을 나섰다.

영안실 직원은 아버지를 이동식 침대로 옮긴 다음 관 뚜껑 같은 것으로 아버지의 몸을 덮었다. 다른 가족들은 병원비 결제와 행정적인 문제로 흩어졌고, 나 홀로 영안실 직원이 미는 아버지의 침대를 뒤따라 걸었다. 밤 11시였다. 아버지를 따라 병원 복도를 지나고 병원 마당을 한참 걸어서 안치실로 향했다. 아버지와 단둘이 산책한 적이 없었던 나는 돌아가신 아버지와 이 밤에 달빛 아래에서 조용히 걷고 있었다.

그 걸음들 속에서 아버지에게 했던 모진 말을 떠올렸다. 당시에는 그게 맞는다고 생각했던 것들. 그러나 그때는 알지 못했던 일들. 시간이 지나야만 알게 되는 아버지의 상황, 아버지의 마음, 그리고 아버지의 인생이었다. 저세상으로 이어지는 계단을 밟아가는 아버지의 뒤에서 나는 그 후회가 너무 아파서 눈물을 터트렸다.

내 상황과는 반대로 딸을 향한 아버지의 후회와 오열을 목격한 순간이 있다. 평소와 마찬가지로 구치소에 피고인 접견을 갔다. 아무런 전과가 없는 피고인이었다. 피고인은 이혼 후 어머니와 함께 살면서 아이를 키웠다. 피고인의 아버지는 거동할 수 없는 상태로, 온종일 어머니의 간병이 필요한 환자였다. 피고인은 일을 하면서 부모님과 딸을 홀로 부양하고 있었다.

어느 날 지인이 퀵 배송처럼 물건 하나만 배달해 주면 일용직 일당을 주겠다고 그에게 부탁을 해왔다. 그는 상자 하나만 옮기면 되는 간단한 일을 수행했다. 하지만 결과는 결코 간단하지 않았다. 나중에 알고 보니 상자에는 조직적 사기에 이용되는 전화기가 들어 있었다.

살면서 경찰서라는 곳을 우연히 들른 적도 없는 그는 전기통신사업법위반과 사기의 공범으로 재판받게 되었다. 범죄의 실체를 자세히 인지하지 못했더라도 공범으로 엮이면 주범이든 꼬리든 똑같은 입장에서 재판을 받는다.

처음 접견했을 당시 피고인은 자신의 구속으로 생계의 위협을 받을 가족을 생각하며 발을 동동 굴렀다. 아이는 엄마 아빠 모두와 떨어져 자라기에는 아직 어렸고, 아버지는 몸이 불편했고, 어머니는 간병과 육아로 지쳐 있었다.

그의 가족은 비참한 상황을 잠시나마 잊을 만한 마음의 여유를 가질 수 없는 극빈한 상태였다.

피고인은 구속 전 딸의 초등학교 취학통지서를 받았다. 딸의 입학식을 보지 못하고 앞으로도 한참 떨어져 있어야 하는 피고인은 "딸이 초등학교에 입학하는데…… 열심히 일해서 돈도 벌고 정말 잘해주려고 했는데……"라는 말을 반복하면서 오열했다. 처음에는 훌쩍이다가 나중에는 꺽꺽거리면서 울었다. 그의 울음에는 후회가 가득했다.

탈진할 정도로 울어서 상담이 불가능할 정도인 피고인을 한참 지켜보다 물었다.

"딸은 아빠가 어디 있는 것으로 알고 있나요?"

"멀리…… 멀리, 외국에…… 일하러……."

"제가 아빠가 보낸 것으로 해서 따님에게 작은 입학 선물을 보내줄게요."

내 말에 피고인의 울음이 살짝 수그러졌다.

"딸에게 보낼 편지를 제 사무실로 보내주세요. 선물을 사고 편지를 동봉해서 어머니께 보낼게요. 아이에게 아빠가 주는 입학 선물이라고, 전달해 달라고 당부드릴게요."

피고인이 그제서야 울음을 멈추고 나를 쳐다봤다. 정말이냐고 묻는 그의 얼굴에 대고 나는 고개를 크게 끄덕였다.

얼마 후 사무실에는 눈물 없이는 읽을 수 없는 편지가 도착했다. '사랑하는 우리 딸 ○○아'로 시작하는 그 편지에서는 아픈 할아버지와 마음의 여유가 없는 할머니 아래에서 이제는 아빠도 없이 지내야 할 딸에 대한 미안함과 슬픔, 그리움과 애정이 절절하게 느껴졌다.

아들밖에 없는 나는 경험해 본 적 없던 여자아이의 선물을 사러 나섰다. 내 딸이 초등학교에 입학한다면 어떤 가방을 사줄지 상상해 보며 선물을 고르는 데 고민을 거듭했다. 파격적인 디자인과 현란한 색깔의 가방들을 눈앞에 두고 끝내 나는 분홍색 가방을 집어 들었다. 그리고 신발주머니, 머리핀까지 여러 개 사서 피고인의 편지와 함께 포장했다.

보내는 사람의 주소에는 '변호사'나 '법률사무소'라는 단어를 쓰지 않았고, 만약 아이가 상자를 보더라도 국내에서 아빠의 일을 도와주는 사람 정도로 생각할 수 있도록 철두철미하게 준비해 피고인의 어머니에게 소포를 보냈다.

얼마 지나지 않아 피고인의 재판은 끝났고 피고인의 딸은 초등학교에 들어갔다. 그리고 이 일을 잊을 만할 즈음 편지 한 통이 도착했다.

"변호사님, 딸이 분홍색 가방을 받아서 기뻐했다고 서신이 왔습니다. 정말 감사드립니다. 딸이 신나서 좋아한다는 소식을 들으니 기분이 좋습니다. 모두 변호사님 덕분입니다."

지금은 딸이 아빠랑 살고 있겠다. 부디 그 아버지가 딸에 대해 또 다른 후회가 생길 일을 만들지 않기를 바란다. 누군가의 딸이지만 딸이 없는 나는 그 아이의 입학 선물을 사기 위해 잠시나마 딸이 있는 엄마의 기분을 느낄 수 있었다. 머리핀을 고르고 가방을 고르면서 정말 신나고 행복했었다. 그래서 그 피고인은 나에게 신세 진 것이 없다.

피고인의 기억법

고령의 피고인을 가끔 만난다. 80대 할아버지를 변호한 사건이었다. 기록을 보니 할아버지의 주소는 재판을 받고 있는 법원 관할지가 아니었다. 그의 집은 서울에서는 차로 세 시간 남짓 걸리는 시골에 있었다. 그곳에서 농사를 짓고 살던 할아버지는 서울에 사는 손자의 초등학교 졸업식에 참석하기 위해 낯선 도시로 차를 몰았다. 그리고 초등학교를 찾아 헤매던 중 접촉 사고가 났다.

사건 현장에 도착한 경찰은 의례적으로 할아버지에게 음주 측정을 했다. 전날 밭일을 하면서 마신 막걸리 때문에 할아버지의 음주 수치는 처벌 기준을 조금 넘는 수준으로 나왔다. 할아버지에게는 음주 운전뿐만 아니라 음주 운전 중에 과실로 사람을 다치게 했다는 내용의 죄도 추가되었다. 피해 차량의 운전자가 조금 다쳤기 때문이다. 다행히도 피해자와는 합의를 했는데 할아버지의 큰아들이 합의를 받아냈다.

그런데 할아버지는 아예 사고가 난 사실이 없다고 주장했다. 술을 마신 사실도 없고, 길을 잃어서 경찰서에 길을 물으러 갔을 뿐 사고는 없었다고 말이다. 억울해하는 그에게 나는 경찰서에서 작성한 조서를 보여주면서 이렇게 진술하고 서명까지 하지 않았느냐고 말했다. 그래도 할아버지는 교통사고로 조사받은 사실 자체가 없다며 경찰이 조서를 조작했다고 세상천지에 어찌 이런 일이 있을 수 있냐며 흥분했다.

이 할아버지는 법정에 가서도 경찰이 사건을 만들어냈다고 주장했다. 억울하다고 소리를 지르고 욕을 하는 모습에 나는 기가 막혔다. 나이가 든다고 지혜와 품위가 절로 생기는 건 아니겠지만, 오리발도 정도껏이지 저럴 수가 있나 하는 생각이 들었다. 억울하다는 그의 거듭된 주장에, 결국 검사는 할아버지를 조사한 경찰과 피해자를 다음 재판의 증인으로 신청했다.

재판이 끝나고 나는 할아버지에게 황당함을 표현했다.

"아드님이 합의까지 했는데, 이렇게 사고 사실 자체를 부인하시면 되겠어요?"

할아버지는 깜짝 놀랐다.

"뭐? 이놈이 아버지한테 누명을 씌워?"

나는 더 이상 그와 대화를 이어 나갈 수 없었다. 그에게 "다음 재판 기일은 몇 월 며칠 다섯 시니까 꼭 출석하세요"라고 말하고 자리를 뜨려고 했다. 그러자 할아버지는 걱정스러운 표정으로 "새벽 다섯 시교"라고 물었다. "아니요, 오후 다섯 시예요"라는 나의 대답에 할아버지의 표정이 갑자기 환해졌다.

"근데 아지매도 봉화에서 올라오느라 고생이 많네요."

나는 봉화가 고향도 아니고, 봉화에서 산 적도 없다.

할아버지는 나에게 차비를 빌려달라고 했다. 버스를 타고 올라왔는데 지갑을 잃어버린 것 같다고 말이다. 그 순간, 할아버지가 잃어버린 것은 지갑뿐만이 아닌 것 같았다. 나는 그에게 식사비와 버스비를 드린 다음 기록에 편철된 합의서를 찾아보았다. 다행히 합의서에 큰아들의 전화번호가 나와 있었다.

아들은 아버지가 교통사고를 낸 것이 맞고, 아버지가 보는 앞에서 피해자와 합의했다고 말했다. 가족들 모두 아버지에게 치매가 있다고 확신하지만 아버지가 "나를 정신병자 취급한다"라며 강하게 거부해서 차마 치매 진단과 진료에 대한 이야기를 적극적으로 꺼내지 못하고 있는 상황이었다.

할아버지는 평생 거칠게 일해서 가족들을 보살펴 온 자신이 이제 누군가에게 의지해야 한다는 사실을 받아들이지 못하고 있었다. 그러는 사이 가까운 기억부터 잃어가고 있었다.

한 달 뒤에 이루어진 증인신문에서 할아버지는 피해자와 경찰에게 사건을 조작했다며 고성을 질러댔다. 피해자와 경찰은 황당해했다. 경찰은 경찰서에서 할아버지와 피해자를 조사했고 경찰서로 온 할아버지의 아들이 피해자에게 사과하는 모습도 보았다고 했다. 피해자 역시 경찰의 말과 같은 말을 했다. 역시나 할아버지는 전부 거짓말이라면서 격분했다.

　모든 게 조작이고 누명이라며 소리를 지르는 할아버지의 모습은 애처로웠다. 나는 법정 밖에서 할아버지를 진정시키고 정말 조사받은 일이 기억나지 않느냐고 물었다. 할아버지는 너도 나를 의심하느냐는 표정으로 "그날 손자 졸업식에 간 게 다야"라고 답했다.

　할아버지는 부인이 아파서 함께 가지 못했고, 혼자서 손자의 졸업식을 보려고 서울에 온 것이라고 말했다. 그러고는 이내 표정이 밝아지더니 손자가 공부를 아주 잘한다고 자랑을 늘어놓았다. 아들네 형편이 어려워서 뒷바라지를 잘 못해주는 것 같은데도 손자의 성적이 우수하다고 했다.

신이 나서 자랑을 이어가던 할아버지는 "우리 손자는……"이라는 서두에서 말을 멈추었다. 이내 그의 코가 빨개지더니 울음을 삼키듯 멈칫했다. 무언가가 기억나는 듯했다. 그 순간 노인의 얼굴에 떠오른 표정은 내게 아주 익숙한 것이었다. 할아버지의 얼굴에 겹쳐 보인 것은 오래전에 보았던 나의 할머니의 얼굴이었다.

할머니가 사람을 알아보지 못할 만큼 건강이 악화되자 부산에 있는 요양원으로 모셨다는 소식이 들려왔다. 그런데도 나는 바쁜 일을 핑계 삼아 할머니가 입원한 지 몇 년이 지난 다음에야 할머니를 뵈러 갔다. 할머니가 아무도 알아보지 못한다는 말을 들은 터라 오랜만에 마주한 할머니의 경계 섞인 눈빛이 놀랍지 않았다.

할머니와 함께 방을 쓰는 다른 할머니는 내게 "저 할매가 농사를 짓고 살아서 그런가, 맨날 농장에 가야 된다고 짐을 싸더니 요즘은 영 못 움직이네"라고 말했다. 나는 서글픈 마음을 감추지 못한 채 답했다.

"'농장'이 아니라 '용장'일 거예요. 거기가 할머니 친정이 있는 마을이거든요.”

고향을 떠난 지가 70년이 넘었어도 할머니 역시 자신의 엄마가 보고 싶었을 테다.

점심시간이 되자 요양보호사가 휠체어에 앉은 할머니에게 밥을 떠먹였다. 나는 요양보호사에게 직접 먹이겠다고 말하고 숟가락을 건네받았다. 할머니는 무표정한 얼굴로 받아먹었다. 그 얼굴에는 평생을 밭에서 억세게 일하면서 겪은 고생이 자리하고 있었다. 종교가 없어서 시골집 뒤에 자리한 큰 나무에다 늘 가족의 평안을 빌던 할머니는 7남매를 키우고도 가정 형편상 잠시 맡겨진 손녀인 나까지 키워냈다.

할머니는 과자 하나 구할 수 없는 시골 마을에서 심심하게 지내는 내게 안타까운 마음이 들었는지, 순례길 같은 길을 걸어서 도착한 오일장에서 손수 캐낸 도라지를 팔고 받은 돈으로 보름달 빵을 사주었다.

나는 할머니 입에 밥숟가락을 갖다대며 말했다.

“할머니, 늦게 와서 정말 미안해. 나 키워줘서 고마워. 할머니는 내 입에 밥숟가락을 수백 번도 더 갖다댔을 텐데, 나는 지금까지 한 번도 할머니한테 밥을 먹여준 적이 없었네.”

할머니는 여전히 아기 새처럼 입만 열었다 닫았다 했다. 나는 반응을 요구하지 않고 할머니에게 밥을 먹이는 데 집중했다. 그렇게 한참 할머니에게 밥을 먹이던 순간이었다. 갑자기 할머니의 코가 빨개지면서 맑은 콧물이 흘러내렸다. 나는 그 찰나에 할머니가 눈앞에 있는 여자가 자신이 길러낸 손녀라는 사실을 기억해 냈다는 것을 알 수 있었다.

할아버지가 아무 말 없이 손을 눈에 가져다 대었을 때도 나는 그가 무언가를 기억해 냈음을 알 수 있었다. 그는 이제 울음을 삼키고 있었다. 법원에 서 있는 자신의 상황이 명확하게 인식된 그 순간에 그는 자신의 처지가 막막하게 느껴졌을지도 모른다. 80대 노인이 어찌해야 할지 몰라 울고 있는 아이처럼 느껴졌다. 우리는 법정 앞에서 각자 다른 것을 기억하며 한참을 소리 없이 서 있었다.

어느새 뒤돌아선 노인의 뒷모습을 눈으로 좇다가 할아

버지가 다음번에 어떤 기억을 떠올린다면, 그 기억은 할아버지를 안심시키는 기억이기를 바랐다.

국선변호인도 억울하다

형사사건 국선전담변호사가 되기 전에 나는 그리 크지
않은 규모의 로펌에서 일했다. 그 사무실의 다른 팀에는
친한 변호사가 있었고 그 팀에 속한 여직원 한 명까지 우
리 세 사람은 가깝게 지냈다. 서울 소재 대학의 법학과를
나온 그 여직원은 도시락을 싸 다니며 점심을 빨리 해결하
고 남은 시간에는 책을 챙겨 보는 성실한 사람이었다. 일
도 잘하고 늘 밝은 모습이라 사무실 사람들이 모두 그 직

원을 좋아했다.

어느 날 그녀의 퇴사 소식이 들려왔다. 우리 세 사람은 퇴사 기념 저녁 식사 자리를 가졌다. 퇴사 이유를 묻자 그녀는 법원 공무원 시험 준비를 한다고 말했다.

"공무원은 60살까지 할 수 있잖아요!"

평소처럼 밝게 웃으며 답하던 그녀와 헤어지고 며칠 뒤 친한 변호사에게 전화가 걸려왔다.

"변호사님, ○○ 씨가 어제 죽었어요."

통유리로 된 창문으로 들어오던 빛들 사이로 시간이 멈춘 듯했다.

그 여직원은 나와 함께 식사를 한 지 딱 일주일째가 되는 식목일 밤에 만취 상태의 음주 운전 차에 치어 즉사했다. 독서실에서 공부하다가 잠시 눈을 붙이러 고시원으로 돌아가는 길에, 중앙선을 넘어 인도로 돌진하는 차에 당한 것이었다.

나는 변호사가 아니라 직장 동료이자 그녀의 친구로서, 수사하는 곳에는 구속 수사를 요청하는 탄원서를, 음주 운전을 한 피고인을 재판하는 재판부에는 엄벌을 호소하는 탄원서를 제출했다. 60세 이후의 삶을 계획하며 회사를 나갔다가 일주일도 다 못 채우고 세상을 떠난 그녀가 가여 웠다.

음주 운전 행위도, 음주 운전하는 사람도 싫어한다. 이런 내가 국선변호인으로서 가장 많이 변론한 형사사건은 음주 운전 사건이다. 국선변호인은 사건을 선택할 수 없기 때문이다. 자연인의 한 사람으로서, 내 감정과 내 가치관 그대로 음주 운전 사건의 피고인을 대한다면 그들은 검사보다 나를 더 무서워해야 할 것이다.

그러나 누군가를 변론하는 일은 변호사로서 나의 직무다. 특정한 가치관을 가진 한 사람으로서 상대를 응대하는 일이 아니다. 나의 피고인을 위해 살인 사건 피해자의 가족이나 성범죄 피해자를 법정에서 신문할 때는 더없이 미안하고 괴로운 마음이 든다. 자식을 잃은 피해 유족이 법정에서 절규할 때는 나 역시 속에서 울분이 차오른다. 하지만 법정에서 개인의 감정을 내색할 수 없기 때문에 나는 눈을 수십 번도 더 깜빡거리며 눈물을 참아낸다.

나에게 오는 피고인들 대부분은 법에 무지하지만 평범한 사람, 사건 당시 경솔하기는 했지만 이내 후회하고 반성하는 평범한 사람, 비난받을 만한 행동은 했지만 다른 사람들도 고소만 안 당했을 뿐인 사건(예컨대 험담으로 인한 명예훼손)을 저지른 평범한 사람이다. 즉, 누구나 피고인이 될 수 있다.

변호사가 죄의 경중을 따져 피고인을 대하고 도덕성을 문제 삼는 것은 바람직하지 않다. 그러나 흉악범이나 파렴치한 사건에서 선처를 바라는 피고인을 보면 분노가 이는 동시에 회의감도 들고, 피해자를 생각하면 피고인이 사회와 영원히 격리되었으면 좋겠다는 생각도 든다. 변명으로 일관하는 피고인의 말을 듣기 싫을 때도 있고, 반성이라곤 없는 태도에 참지 못하고 한마디 할 때도 있다.

이혼까지 한 전처를 상습적으로 구타하다가 구속된 피고인이 있었다.

"맞을 짓을 했으니까 맞았죠."

피고인의 파렴치한 말에 순간 표정 관리가 안 되어서 정색했다. 그리고 내 입에서 반사적으로 나온 말은 나 자신도 당황스럽게 했다.

"그럼 선생님이 맞을 짓을 하면 누가 때리죠?"

변호인은 범죄 사실을 부인하는 피고인을 자백하게 만들어서 정의를 세우는 사람이 아니다. 검사처럼 피고인을 조사하듯 추궁할 수도 없고, 판사처럼 심판하려 들 수도 없다. 그렇지 않으면 피고인은 검사나 판사가 아무리 제대로 수사하고 재판해도 자신이 제대로 된 변론을 받지 못한 사법피해자라고 생각할 것이다. 상식적으로 합당한 처벌을 한 사건도 승복할 수 없는 사건이 된다.

또, 국가기관(검사)이 상대방인 싸움에서 개인은 위축되기 마련이다. 인적·물적 자원을 가지고 수사와 공소 유지를 하는 검사에 비해 피고인은 전투력이 떨어진다. 그래서 변호인이 필요한 것이다.

피고인이 어떤 이유로 사선변호인을 선임할 수 없을 때 나라에서 국선변호인을 선정해 준다. 이때 국선변호인은 전속과 전담으로 나뉜다. 전속 국선변호인은 일반 사선변호사가 사선도 하고 국선도 하는 경우다. 전담 국선변호인은 법원의 위촉을 받아, 오로지 소속 법원에서 배당하는 형사사건만을 담당한다. 즉, 국선전담변호사는 고객으로부터 돈을 받고 하는 사건은 일절 하지 않는다.

현재 나는 국선전담변호사다. 소속된 법원과 재판부가 정해져 있고 법원에서 사건을 배당해 준다. 모든 국선전담변호사는 사건을 선택할 수 없다. 재판이 끝나고 피해자가 따라 나와 내게 분노가 서린 욕을 하리라고 예상이 가능한 사건이라도 피할 수 없는 것이다.

그렇다고 국선변호인의 선임에 대해 피고인이 마냥 좋게 생각하는 것은 아니다. 유죄의 증거가 명백한 사건에 대해서 공소사실을 인정하는 것이 좋겠다고 피고인에게 조언하면 '국선변호인'이라서 자백을 강요한다고 오해한다. 왜 변호사가 검사처럼 하느냐고 항의하는 피고인도 있다.

또, 불리한 점에 대해서 조언을 하면 많은 피고인이 자신이 돈을 주지 않거나 힘없는 서민이라서 변호사가 대충 처리한다는 오해를 한다. 《어린 왕자》 속의 장미처럼 그들이 물을 준 장미가 아니기 때문에 국선변호인에 대한 신뢰는 사선변호인보다 약할 수밖에 없다. 이 관계의 태생이 그런 것이라 이제는 자연스럽게 받아들인다.

　내가 속한 사무실의 국선변호사들 대부분이 피고인을 '선생님'이라고 부른다. 그들이 우리보다 배울 점이 많아서 선생님이라고 부르는 게 아니다. 가난한 사람도, 뒷배경도 없고 사회에서 무시받는 사람도, 손가락질당하고 사는 사람이나 그 어떤 사람이라도 우리의 피고인이 되었을 때만큼은 존중하자는 의미에서 그렇게 부르는 것이다.

　내가 만나는 수많은 선생님 가운데는 다른 사람에게 피해를 주고도 반성하지 않는 사람도 많다. 그럴 때는 세상에는 좋은 사람보다 나쁜 사람이 많고, 사람의 본성은 본래 나쁜 것일지도 모른다는 회의가 든다. 그렇게 생각하면 일이 힘들어지고 보람이 없다. 나는 그럴 때마다 불가의 가르침을 상기한다. 불가에서는 '인간의 깨끗한 마음'은 원래부터 존재하지만 무언가로부터 가려져 있는 것이라고 한다. 그래서 깨끗한 마음을 드러내기 위해 늘 수행하여 닦는 것이다.

　사람들의 몸매를 보면, 좀처럼 살이 찌지 않아 늘 배가 일자 모양인 사람도 있고, 어느 날 마음먹고 운동해서 혹은 식사 조절을 해서 복근의 형상을 드러내는 사람도 있고, 평생 토실토실한 배로 사는 사람도 있다. 복근도 양쪽으로 쩍 갈라진 모양이나 은근한 근육 선을 보이는 모양 등 다양하다.

나는 '인간의 깨끗한 마음'이 '복근' 같은 것이라고 생각하기로 했다. 복근이 보이지 않을 뿐, 다들 가지고 있는 것이며 언젠가 볼 수 있는 사람도 있고 결국 보지 못하는 사람도 있다. 그리고 저마다 뱃살의 무게가 다르고 지방층의 형성 경위와 두께가 다른 것처럼 선량한 마음이 가려진 경위와 그 두께도 다를 것이다. 나는 쉽게 지방층이 제거되지 않는 엄청난 뱃살을 가진 사람들을 만나지만 그들이 복근을 보고 싶어 한다면, 적게 먹거나 운동해야 한다고 말하는 일을 포기하고 싶지 않다.

가장 힘들었던 증인신문

한 남성 피고인이 자녀들을 수시로 폭행하고 상해를 입혔다는 내용의 아동학대죄로 기소되었다. 아이들에게 머리를 땅에 박고 열중쉬어 자세를 취하게 하거나 당구 채로 때리거나 벽돌을 던지는 등의 행위가 기소 내용이었다. 신고자는 가출한 큰딸이었다.

1심에서 유죄가 선고되었으나 피고인이 생계를 책임지고 있기도 하고 어린아이들이 있어서 구속되지는 않았다.

피고인은 훈육 목적으로 꿀밤 정도를 때린 적은 있어도 당구 채로 폭행하거나 다른 체벌은 한 사실이 없다면서 억울함을 호소했다. 나는 이 아동학대 사건의 항소심 국선변호인이었다.

피고인은 상담할 때 아내와 함께 왔다. 피해 아동의 엄마이기도 한 그의 부인은 피고인 편을 들었으며 아이들이 거짓말을 하는 것이라고 주장했다. 부부의 말에 의하면, 자녀는 여섯 명인데 큰아이는 인격장애와 심각한 정신 질환으로 오래전부터 정신병원에 입원해 있었고, 집에서 함께 사는 자녀들 가운데 세 명은 절도와 성매매를 일삼으며 수시로 가출하는 비행 청소년이었다.

그 세 사람은 학교에 다니지 않았으며, 소년원에 있는 아이도 있었다. 이 부부는 아이들의 비행 때문에 동네에서도 손가락질과 항의를 받는 생활을 해왔고 아이들이 일으킨 사고를 수습하기 위해 수시로 피해 배상을 하는 등 괴롭게 살아왔다고 말했다. 그리고 오히려 자신들이 아이들로부터 폭행을 당했다고 주장했다.

피고인 부부는 아이들이 얼마나 거짓말을 잘하고 문제가 많은지를 증명할 수 있다며 계좌거래내역서를 뽑아왔다. 미성년 딸이 성매매를 하고 받은 돈이라는 것이었다. 딸의 성매매 행위를 인지한 지가 꽤 되었다는 피고인 부부는 딸을 말리고 훈육했다고 강조했다. 그러나 딸이 부모의 말을 듣기는커녕 가출한 다음 자신들을 종종 아동학대로 신고했다는 것이다. 아동학대로 신고되면 자녀와 부모가 분리된다는 사실을 아이들이 이용한다는 말이었다.

피고인 부부에게 물었다.

"아버님은 오래전부터 딸의 성매매 사실을 알고 계셨다면서 왜 계좌를 정지시키지 않으셨지요?"

그들은 당황해하며 말을 잇지 못했다.

부부는 셋째 딸을 증인으로 신청해 줄 것을 요청했다. 다른 아이들은 1심에서 증인으로 출석해서 피고인에게 폭행당했다고 증언했지만 셋째 딸에 대한 증인신문은 이루어지지 않았다. 어린아이들이 위험을 무릅쓰고 한 증언 내용을 번복하는 증언을 하게 만드는 게 피고인에게 유리할 것 같지 않아서 나는 증인 신청을 하지 않는 편이 좋겠다고 말했다.

　그러자 피고인 부부는 큰딸의 정신적인 지배를 받은 아이들이 위증을 했다고 주장했다. 현재 셋째 딸은 소년원에 있어서 자신들이 아무런 영향을 끼치지 못한다고 했다. 피고인은 셋째 딸과 주고받은 편지들도 보여주었다. 셋째 딸이 부모님을 그리워하고 그동안의 잘못에 대해서 반성하는 내용의 편지였다. 엄마 아빠 사랑해요, 보고 싶어요, 이제 같이 살아요, 그동안 미안했어요 등의 말들이 담겨 있었다.

　피고인 부부가 억울함을 호소하고 증인신문을 강하게 요청하여 나는 피고인의 셋째 딸을 증인으로 신청했고, 다음 재판 기일에 셋째 딸의 증인신문이 예정되었다. 나는 부디 피고인의 주장이 사실이기를 바랐다.

　재판 당일, 며칠 전 소년원에서 나왔다는 셋째 딸이 피고인 부부와 함께 있었다. 소년원에서 나왔으니 이제 부모님과 함께 살겠구나, 그렇게 엄마 아빠를 그리워하더니 지금은 얼마나 좋을지 싶어서 피고인에게 물었다.

"따님이 집에 오니까 좋으시죠?"

그러자 피고인은 현재 딸이 지방의 정신병원에 입원해 있으며, 재판을 위해 병원에서 잠시 데리고 나왔다고 답했다. 딸이 소년원에서 나와 집에 온 뒤로 계속 자해를 해서 입원시켰다는 말이었다.

피고인의 말에 그의 첫째 아이도 몇 년째 정신병원에 입원해 있다는 사실이 떠올랐다. 곧이어 셋째 딸이 입원한 병원이 위치한 지역에 대해 의아함이 들었다. 보통은 집 가까이에 있는 병원에 입원시켜서 자주 들여다볼 텐데, 이 부부는 돈과 휴대폰이 없으면 걸어서도 집에 찾아올 수 없는 지역에 있는 병원에 딸을 입원시킨 것이었다.

셋째 아이의 손목에 감겨 있는 붕대를 바라보던 나는 피고인 부부에게 아이가 너무 긴장한 것 같으니 몇 가지 주의 사항을 따로 알려주어도 괜찮겠냐고 물었다. 그들이 허락하여 나는 아이를 피고인 부부와 떨어진 곳으로 데려갔다.

"증언하기 싫어?"

아이가 고개를 끄덕였다.

"손목 왜 그랬어?"

"살고 싶지 않아서요."

정신병원에서 법원까지 아이를 데리고 올라오는 차 안에서 어떤 세뇌가 이루어졌을지도 모른다는 생각이 들었다. 아이는 불안해하고 있었다. 나는 아이가 부모의 사주로 위증을 해야 하는 상황에 처한 거라면 증인신문을 하고 싶지 않았다.

그러나 어떤 것도 확실하지는 않았다. 어쨌든 나는 피고인의 이익을 위해 선임된 변호인이므로 피고인의 잘못을 수사하듯이 들춰낼 수 없었다. 내가 신청한 증인에게 위증의 우려가 있다면서 피고인의 반대를 무릅쓰고 증인 신청을 철회할 수는 없는 입장이었다. 아이가 솔직하게 증언을 해서 피고인이 억울한 부분이 있다면 누명이 벗겨지고, 그렇지 않다면 합당한 처벌을 받기를 바라는 게 내가 할 수 있는 최선이었다.

예정대로 증인신문은 진행되었다. 셋째 딸은 피고인의 주장에 부합하는 증언을 했다. 이번 사건을 신고한 큰언니와 동생들이 거짓말을 했다고, 아빠에게 폭행당한 사실이

없다고 말이다. 증언을 하는 아이의 몸과 눈에는 어떤 힘
도 남아 있지 않았다. 신문을 하는 나는 마음이 힘들었다.
아이는 모든 게 힘들어 보였다.

증인신문이 끝나고 법정 밖 복도에서 피고인이 아이가
받은 증인 여비 봉투를 열어보고 있었다. 내가 나가자 피
고인은 아이를 안아주며 고생했다고 말해주었다. 아빠 품
에 안긴 딸의 눈에는 아무런 희망도 없어 보였다. 나는 아
이에게 다가가 증인신문이 많이 힘들었을 거라며 말을 건
넸다. 피고인 부부는 먼 길 떠나기 전에 볼일을 보겠다고
아이와 나만 남겨두고 화장실로 향했다.

나는 붕대 감은 손을 무릎에 얹은 채 구부정한 자세로
앉아 있는 아이를 물끄러미 보았다.

"몇 살이지?"

"열일곱 살이요."

"자해하지 마. 성인 되려면 얼마 안 남았어. 무슨 뜻인지
알지."

아이가 고개를 들어 내 눈을 쳐다보았다. 그 눈길을 회
피하지 않고 고개를 끄덕이자 아이 역시 고개를 끄덕였다.

아이의 붕대 감은 손에 내 손을 가만히 덧대어 한참을 있었다. 곧 아이가 스스로 휴대폰과 통장을 개설하고 일을 하면서 생계를 꾸릴 수 있는 때가 올 것이었다. 홀로 설 수 있는 때가 오면 아이가 새처럼 멀리멀리 날아가기를 바랐다.

선고 날, 피고인은 여전히 유죄였다. 피고인이 폭행하지 않았다는 아이의 말을 재판부는 믿지 않았기 때문이다. 항소심에서 진 것이지만, 나는 피고인 때문이 아니라 법정에서 본 셋째 딸의 힘없는 모습이 계속 떠올라 마음이 무거웠다. 그 무거움이 채 가시기 전에 사회복지사에게서 전화가 걸려왔다.

정신병원에서 셋째 딸을 만났다는 사회복지사는 아이가 아동학대를 호소해서 사실을 확인하고 싶고 피고인에 대한 판결문도 보고 싶다고 말했다. 사회복지사는 또다시 반복된 부모의 학대 때문에 아이가 자해를 하고 아이의 의사에 반해서 정신병원에 강제로 입원당한 것은 아닌지 살피고 싶어 했다. 나는 피고인의 허락이 있어야 판결문을 보내줄 수 있다고 답하고 곧바로 피고인에게 연락했다. 피고인은 판결문을 보여주지 않는 게 당당하지 못하다고 생각했는지 판결문을 보내주라고 했다.

사회복지사는 손에 받아 든 서류를 살피고 어떤 결정을 내렸을까. 부디 어떤 것이라도 아이에게 조그마한 힘을 되찾아 줄 수 있는 것이었으면 하고 바랐다. 희망은 없지 않았다. 하나의 그물망을 통과해서 떨어졌을 때 그 아래에는 또 다른 사람이 펼친 그물망이 있었고, 다시 그 아래에는 다른 그물망이 있는 것을 보았다. 그 희망을 보는 것으로 비로소 이 사건이 끝이 났다. 그리고 내가 일기장에 적은 이 아동학대 사건의 변론기는 아주 짧았다.

"여우가 말했다. 너는 네 장미꽃에 대해 책임이 있어"
(《어린 왕자》 중에서).

아낌없이 주려던 나무

피고인 김정호. 오랜 시간 해외에서 거주하면서 세계 100대 명문대에 포함된다는 한 대학을 졸업한 사람이었다. 그런 그가 부쩍 쉽게 흥분하고 뇌전증으로 쓰러지는 일도 발생했다. 그는 아내에게 핀잔을 주고 있는 어머니를 식칼로 찔렀다. 그러고는 곧바로 경찰에 자수했다. 그 무렵 피고인은 아내도 때리고 아이도 때려서 특수존속상해죄와 폭행죄, 아동학대죄로도 기소되었고 가족들과는 분리되었다.

　이후 그는 아내와 아이를 보호하고 있는 센터를 찾아가 아내를 보게 해달라고 난동을 부려서 업무방해죄와 재물손괴죄가 추가되었다. 나는 그의 항소심을 맡았다. 피고인은 양형이 부당하다고 주장했다. 1심에서는 어머니와 아내로부터 용서를 받았다는 점이 참작되었다.

　보통 피고인과 접견하고 난 다음에 나는 그들에게 궁금한 게 생각나거나 요청할 게 있으면 언제든 서신을 보내라고 말한다. 그리고 피고인들이 편지를 보내면 인터넷 서신을 통해 비교적 빨리 답변해 준다. 이 피고인은 내게 매일 편지를 보내왔다. 편지에는 늘 사실조회나 수사를 하듯이 질문 사항이 꼼꼼하게 써져 있었다.

　재판 기일을 앞두고 보내온 그의 편지에는 떨리니 재판을 보러 오지 말라는 말을 가족에게 전하라고 쓰여 있었다. 어느 날의 편지에는 합의가 어떻게 진행되고 있는지 알아보라고 적혀 있었고, 언젠가의 편지에는 아버지에게서 탄원서와 진단서를 받아 제출하라고 쓰여 있었다. 그리고 얼마 지나지 않아 아버지에게서 서류를 받아 재판부에 제출했는지 확인하는 편지가 왔다. 번거롭기는 했지만 어찌 보면 필요한 일이라는 생각이 들어 그 모든 서신에 나는 정성스럽게 응답했다.

그러다 어느 날, 피고인의 아버지에게서 전화가 왔다. 그는 피고인이 가족을 죽이겠다고 수시로 협박하고 어떤 때는 지금 죽이러 가고 있다고 연락을 해서 가족들이 공포 속에서 살고 있다고 말했다. 그 아버지는 피고인의 형이 너무 짧게 느껴지고, 자식이지만 무서우니 형을 올리거나 깎이지 않도록 하는 방법이 없느냐고 물었다.

이후 재판 기일이 되었을 때 판사는 피고인에게 왜 아내와 아이가 보호받고 있는 센터에 가서 난동을 부렸는지 물었다. 그러자 피고인이 답했다.

"센터장이 도와줄 일이 있으면 도와주겠다고 했어요. 그런데 제가 아내를 보게 해달라고 하니 거절했습니다."

판사는 피고인이 원하는 방식으로 도와주지 않았다고 해서 그렇게 하면 되느냐고 물었다. 그러자 피고인은 "센터장이 먼저 도와주겠다고 했다"라고 답했다. 판사는 같은 질문을 반복했고, 피고인 역시 같은 답을 반복했다. 그가 대답할 때마다 목소리는 더욱 커졌다.

마치 돌림노래 같던 대화 끝에 판사가 체념한 듯한 목소리로 말했다.

"아…… 피고인이 왜 그랬는지 알겠네요."

애초에 그에게는 도와주겠다는 말을 하면 안 되었다. 도와주겠다고 했으면 그가 원하는 핀셋 도움을 줘야 하는 것이었다.

재판 이후에도 그의 편지는 계속되었다. 모든 편지에는 꼼꼼하게 작성된 질문 리스트가 있었는데, 이미 한 답변을 다시 확인하는 질문이 많았다. 나는 또 그 질문에 답을 계속했고, 그렇게 매일 편지를 주고받으니 내가 그의 변호를 하는 건지 그와 사귀고 있는 건지 헷갈릴 지경이었다.

그가 항소이유서 내용을 보자고 해서 보내주고, 그는 또 다시 이것저것 물었다. 나중에는 너무 집요한 나머지 그에게 '아주 국물 한 방울까지 안 남기고 다 퍼먹으려고 하네' 하는 반감이 들었다. 그 감정과 더불어 재판 당시에 피고인이 반복해서 했던 말이 나를 계속 따라다녔다.

쏟아지는 질문들 속에서 하계 휴정기(법원은 혹서기와 혹한기에 긴급한 사건을 제외하고는 각 2주씩 재판을 쉰다)가 찾아왔다. 나는 중간에 급한 연락 메모는 없는지 살피러 사무실에 들렀다가 또 김정호의 편지를 발견하고 말았다.

그 편지에는 "○월 ○일 편지에 답변해 주세요"라고 쓰여 있었다. 나는 그 날짜 편지에 이미 답을 했다. 내 답이 그의 질문에 충분한 답이 되지 못했을 수도 있고, 내가 보낸 서신이 도착하기 전에 그가 이 편지를 썼을 수도 있다고 생각했다. 하지만 그가 주는 스트레스가 극에 달한 나는 당장 그를 찾아가서 글이 아닌 육성으로 한마디 하고 싶었다. 결국 나는 한 시간 뒤로 김정호의 접견 신청을 했다(보통 접견신청서는 하루 전에 제출한다).

해당 구치소 민원과에 이메일을 보낼 때 눈물 표시까지 해가면서 죄송하다고 적었다. 그러면서도 이왕 가는 김에 접견 와달라고 했던 조폭 출신 마약 사범 피고인을 대상으로도 접견 신청을 했다. 당시 나는 가벼운 마음으로 사무실에 들렀기 때문에 짧은 반바지와 구김이 많고 목 늘어진 티셔츠에 구멍 숭숭 뚫린 슬리퍼를 신고 있었다. 하지만 복장에 대해서는 미처 생각도 하지 못한 채 구치소로 질주했다.

막상 구치소에 도착하니 마음이 진정되었다. 그가 나타나기 전에 '한 번의 화를 참으면 백 일의 근심을 면한다'는 경함록의 문구를 떠올리면서 심호흡을 했다. 그리고 다른 말 말고, 편지가 많으니 얼굴 본 김에 한번에 물으라는 말만 하자고 다짐했다.

그 다짐 속에서 등장한 김정호의 손에는 메모장과 볼펜이 들려 있었다. 그는 질문이 빼곡하게 적힌 메모장에 줄을 그어가면서 질문하기 시작했다. 그의 입에서 나오는 말들은 너무나도 익숙했다. 이미 수도 없이 해왔던 답들을 재확인하는 질문이었다.

그 순간 내 안에서 마치 거문고의 줄이 탁 끊기는 것 같았다. 나는 부푼 가슴 위로 팔짱을 끼고 그에게 말했다.

"김정호 씨, 저번에 법정에서 놀랐습니다. 보호센터 센터장이 민원인에게 '어떤 도움을 드릴까요, 도울 수 있는 게 있으면 돕겠습니다'라고 했지, 아내를 만나게 해준다고 했나요. 김정호 씨가 원하는 것만이 도움은 아니잖아요."

김정호는 내 말에 발발 떨면서 말했다.

"제가 센터장이고 변호사님이 저예요, 제가 변호사님한테 '어떤 음료를 드시겠어요'라고 물어본 다음 변호사님이 '콜라요'라고 답하자 '줄 수 없어요'라고 하면, 변호사님은 어떠시겠어요."

"상대방이 해줄 의무가 있는 일을 하지 않더라도, 그에 대해서는 절차대로 민원을 제기해야죠. 김정호 씨가 한 행동은 우리 법이 허용하지 않는 행동이에요. 재범 가능성을 볼 때 반성 여부를 보는 것은 자기 행동이 잘못되었는지를 모르면 똑같은 행동을 또다시 행할 가능성이 크기 때문입니다. 그런데 김정호 씨의 말을 들으면 재범 가능성이 있다고 볼 수밖에 없어요. 이제 형을 뭐로 깎으실 거예요."

김정호와 계속되는 실전에 그가 참 염치없다는 생각이 들었다. 나는 지금까지의 단호하고 차분한 모습을 지우고 흥분하여 깨 방정을 떨 듯이 머리를 흔들며 말했다.

"상담사가 '사랑합니다, 고객님'이라고 말하면 김정호 씨 사랑하는 거예요? 민원인 응대 매뉴얼이나 관행, 매너

라는 게 있잖아요. 김정호 씨한테는 절대로 '무엇을 도와 드릴까요'라고 말하면 안 되겠네요."

여기서 멈추었으면 좋았겠지만 한번 열린 입은 쉽게 멈추지 않았다. 나는 "제게 편지를 쓰라고 한 것은 제 호의였어요. 제가 서비스를 하는 것이지, 김정호 씨 권리는 아니에요. 권리처럼 저를 이용하지 마세요"라는 말을 더했다.

그러자 세계 100대 명문대를 나온 그가 의아한 표정으로 말했다.

"구속된 피고인이 변호사의 조력을 받을 권리는 헌법에서 보장된 권리로, 제 권리가 아닌가요. 변호사님의 서비스는 제 권리인데요."

이 양심 없고 똑똑하기만 한 피고인의 얼굴을 보고 결국 나는 소리쳤다.

"아낌없이 주는 나무는 그늘을 아낌없이 주려고 했는데, 김정호 씨는 나무를 베서 침대를 만들어 누우려고 했잖아요!"

아무 말을 하던 나와 벙찐 그의 사이에 적막이 흘렀다. 그 흐름 속에서 부끄러움이 밀려왔다. 그와 나는 서로 진

국선변호인이
만난
사람들

정하는 시간을 가졌다. 그리고 접견장을 떠나며 내가 김정호에게 남긴 말은 "뭐, 편지 쓰고 싶으면 또 쓰던가요"였으니, 그 접견에서 슬리퍼 차림의 변호인을 유심히 쳐다보는 교도관의 시선 말고는 얻은 게 없었다.

소년을 보다

아내와 딸을 폭행해서 상해를 입혔다는 내용으로 기소된 피고인의 사건을 맡게 되었다. 그는 지병이 있었고 합병증으로 시력을 거의 잃었다고 했다. 치아도 드문드문했다. 사무실에서 상담할 때와 재판받을 때는 친구가 동행해 피고인을 도왔다.

피고인에게는 가정폭력으로 보호처분을 받은 전력이 여러 번 있었다. 피고인과 친구는 모두 억울하게 신고된 사건이라고 했다. 피고인은 살면서 처자식을 때린 적이 단 한 번도 없다고 주장했다. 피고인과 친구의 설명에 의하면, 피고인은 한때 안정된 기업에 다니는 직장인이었고 그의 명의로 된 집이 있었다. 그런데 피고인이 퇴직하고 건강이 나빠지니 아내와 딸이 그를 내쫓고 집을 처분하려고 한다는 것이었다. 그들이 더 이상 돈을 벌어오지 못하고 의료비로 돈만 쓰는 피고인이 죽기만을 바란다는 말도 덧붙였다.

피고인의 친구는 자신이 지켜본 결과 모든 이야기가 사실이라고 했다. 피고인은 정말 좋은 사람이고 지인들도 다 인정하는 호인이라고 말이다. 그런데 집에서는 악녀 같은 처와 그에 동조하는 자식들 때문에 평생 마음고생을 하고 있어서 안타깝다고 했다.

피고인은 눈물을 흘리며 신세를 한탄했다. 젊은 날에 열심히 일해서 가족을 부양했는데 이제 늙고 병이 드니 가족들이 자신을 애물단지로 취급한다고 말이다. 그들이 집에서 나가라고 할 때 나가지 않으니 아내와 딸이 수시로 피고인을 가정폭력으로 신고하고 분리를 요청했다고 한다.

나라에서 월급 받는 변호사

피고인은 앞도 잘 보지 못하고 겨우 걷는 자신이 무슨 힘이 있어서 멀쩡한 어른 둘을 때릴 수 있겠냐며 억울해했다.

피고인이 억울함을 호소했기 때문에 나는 피고인의 무죄를 주장했다. 피고인에게 맞았다고 진술한 아내와 딸의 진술 조서에 대해서는 '부동의'했다. 증거 부동의란 이 자료를 피고인에 대한 유죄의 증거로 사용하는 것을 반대하는 것이다. 진술 조서를 부동의하면 검사는 진술자를 증인으로 신청하고, 이후 법정에서 증인으로 출석한 사람을 검사와 판사, 변호인이 신문하는 절차를 거친다.

내가 피고인의 아내와 딸의 진술이 사실이 아니라고 주장했기 때문에 검사는 두 사람을 증인으로 신청했다. 그런데 그들은 여러 번 법정에 나오지 않았다. 피고인은 그들이 허위 신고를 했기 때문에 겁을 먹고 나오지 않은 것이라고 했다.

증인신문과 별도로 법원에서는 '양형 조사'를 하기도 한다. 조사 결과는 피고인에 대한 공소사실이 유죄로 인정될 경우 형량을 정할 때 참고 자료가 된다. 피고인 사건의 양형조사서에는 양형조사관이 피고인의 딸과 통화한 내용이 기록되어 있었다. 피고인의 딸은 아버지에게 폭행당한 것은 사실이지만, 법정에 직접 나서면서까지 아버지를 처벌해 달라고 말하고 싶지는 않다고 밝혔다. 딸은 끝내 증인으로 출석하지 않았다.

재판 당일 피고인은 검은색 비닐봉지를 들고 와서 판사 눈앞에서 흔들어댔다. 봉지 안에 증거가 들어 있다고 말이다. 그 속에는 슬리퍼가 들어 있었다. 피고인은 딸이 피고인의 가슴에 올라타 이 슬리퍼로 얼굴을 때렸다고 주장했다.

그 일이 사실이라도 법원은 기소된 내용 안에서만 판단할 수 있다. 즉, 그 일에 대해서는 피고인이 별도로 고소해야 한다. 이 재판은 피고인이 한 행위에 대한 재판이기 때문에 당연하게도 법정에서 그 내용에 대해 되묻는 사람은 없었다.

또다시 재판이 공전하려던 찰나 피고인의 아내가 증인으로 출석했다. 드디어 증인신문이 시작되었다.

"제가 35년간 맞고 살았어요. 그런데 때린 적이 없다니 기가 막힙니다."

피고인에게는 아들과 딸이 있는데, 아들은 결혼 후 따로 살고 있었고 딸은 미혼이며 직장에 다니면서 피고인 부부와 함께 살고 있었다. 피고인의 아내는 남편의 폭행을 피해 얼마 전에 아들네 집으로 피신했다고 밝혔다.

피고인의 딸은 그래도 아버지이고 지병이 있으니 식사를 챙겨드려야 한다며 집에 남았다고 한다. 피고인의 아들은 어릴 때부터 어머니가 맞는 모습을 보고 자라면서 자신 또한 폭행당하자 아버지와 연을 끊었으며, 결혼 이후 며느리를 데리고 집에 온 적이 한 번도 없었다.

"아들이 이 법정에서 저 사람을 보면 아마 죽일 겁니다. 제가 겨우 말려서 여기 못 들어오게 했어요."

피고인의 아내는 법원에 함께 온 아들에게 밖에서 기다리라고 당부했다는 말을 덧붙였다.

증인신문이 진행되면서 그동안 내가 본 피고인의 모습과는 전혀 다른 모습을 볼 수 있었다. 피고인은 늘 나에게 깍듯했다. 고생한다, 죄송하다, 감사하다는 말로 인사를 건넸다. 그랬던 피고인이 아내가 증언할 때마다 혼잣말로 욕설을 했다.

그 욕설은 순간 흥분해서 갑작스럽게 나온 게 아니었다. 그 거친 단어에는 오랫동안 지배하고 소유해 온 것에 대한 분노와 경멸의 감정이 서려 있었다. 욕설을 뱉어내는 그의 목소리는 저음이면서 나직하고 차분했으나 흥분이 섞인 깊은 호흡이 느껴졌고, 평소에도 자주 했던 것 같은 익숙함과 자연스러움이 배어 있었다.

재판이 끝나고 선고 기일이 정해졌다. 피고인과 함께 법정 앞에 서 있으니 피고인의 아내가 아들에게 전화하는 소리가 들렸다. 어디에서 기다리고 있는지 묻는 내용의 통화였다. 그러다 피고인의 아내는 통화 말미에 "한 번도 때린 적이 없대"라고 말했다. 순간 전화가 끊겼는지 그녀가 "여보세요?"를 반복했다.

피고인과 그의 친구는 아내가 한 말이 모두 거짓이라면서 하소연을 했다. 그 하소연을 상대하느라 나와 두 사람은 조금 늦게 법정 건물에서 빠져나왔다. 마침내 법정동

앞마당에 이르렀을 때, 흥분한 맹수처럼 맴돌고 있는 젊은 남자를 마주할 수 있었다.

그는 순식간에 피고인의 손에 들린 지팡이 용도의 등산 스틱을 두 동강 냈다. 그리고 피고인의 멱살을 잡아 올려 목을 조르기 시작했다. 자신의 아들이 그 아버지를 죽일 수도 있다는 피고인 아내의 말은 거짓이 아니었다.

피고인이 아들의 멱살잡이에 버둥거리는 모습을 보고 재빨리 법정동 건물로 들어간 나는 재판을 마치고 법정을 정리하고 있던 법정 경위에게 도움을 요청했다. 다른 경위들도 젊은 남성이 노인의 목을 조르는 모습을 보고 뛰어나왔다. 두 사람을 말리기 위해 많은 이가 다급하게 다가갔지만 피고인의 아들은 아버지의 멱살을 놓지 않았다.

"엄마를 한 번도 안 때렸다고? 안 때렸다고? 죽어버려, 너 같은 건 죽어버려야 해."

가까이 선 사람들은 그의 말을 들으면서도 이내 물러설 수밖에 없었다. 그가 너무 큰 소리로 울고 있었기 때문이다. 그렇게 울면서 말하면, 목을 조르는 손에 힘이 들어갈 리가 없었다. 부들부들 떨며 아버지의 목을 조르고 있는 그 아들에게서 나는 어린 남자아이의 모습을 발견할 수 있었다. 나만 본 것은 아닐 것이다. 분명 소년의 모습이었다. 서럽게 울며 '죽어버려, 죽어버려'라고 말하는 소년에게 피고인은 아무런 저항도 하지 않았다.

성인 남자가 노인의 멱살을 잡고 있는 모습을 법정동에서, 앞에 있는 은행에서, 근처 매점에서 여러 사람이 나와 목격했지만 다가가던 사람도 멈칫했고 말리는 사람도 없었다. 그 아들도 그곳이 법원이며 바로 옆에는 검찰청이 있고 수많은 눈이 자신을 보고 있다는 사실을 알 텐데 어째서 그에게 다른 사람이 보이지 않는지 그곳에 있는 모든 사람이 알 수 있었기 때문이다.

선고 기일을 앞둔 어느 날, 늘 피고인과 함께 오던 친구에게서 전화가 왔다. 피고인의 사망 소식이었다. 피고인과 며칠간 연락이 되지 않아서 집에 찾아가 보니 안방에서 숨져 있었다고 한다. 피고인이 발견될 당시 딸은 다른 방에 있었다. 피고인의 친구는 경찰에 신고를 했고 딸이 의심된다고 주장했다. 그러나 수사기관에서는 별다른 범죄 혐의

점을 찾을 수 없었다. 그의 죽음을 궁금해하는 사람은 그 친구가 유일했다.

피고인의 어머니

형사재판을 받고 구속되면 '관가로부터 재앙을 입는다' 는 뜻의 '관재'가 있다고 표현하기도 하는데, 이때의 관은 '벼슬 관官'을 쓴다. 죽어서 들어가는 관은 벼슬 관에 '나무 목木'을 붙인 '널 관棺'을 쓴다. 구속과 죽음이 서로 그리 먼 일이 아님을 이 글자에서부터 알 수 있다.

구속이라는 것은 사회적으로 '사망'과 유사하다. 사람에 대한 실종 신고가 있으면 경찰은 실종자가 살아서 활동하고 있는지 혹은 사망했는지를 살피기 위해 금융 거래 내역과 병원 이용 내역, 휴대전화 사용 내역 등의 생활반응을 확인한다. 사람이 사망하면 그런 생활반응이 있을 수 없는 것과 마찬가지로 구속되어도 생활반응은 없다.

이 세상을 떠날 때 가지고 갈 수 없는 것들은 대부분 신입 수감자가 되어 구속되는 순간에도 가지고 들어갈 수 없다. 구속이 되면, 입고 온 옷은 물론이고 속옷과 양말 모두 벗어야 한다. 마치 저세상에 갈 때처럼, 구치소나 교도소에 들어갈 때도 세상에 처음 올 때의 상태로 가게 되는 것이다.

그래서인지 피고인들은 구속이 되면 처음 바깥 세상을 만나게 해준 존재인 어머니에 대한 생각이 남달라진다. 피고인들이 법원에 형을 깎아달라고 읍소할 때 가장 많이 등장시키는 요소가 '어머니'다. 어머니 부양을 위해, 건강이 나쁜 어머니를 돌보기 위해, 홀로 계시는 어머니를 돌볼 사람이 자신밖에 없어서 등 어머니와 관계된 다양한 이유로 최대한 빨리 구치소를 나가야 한다고 주장한다.

특히 '노모'는 구속 피고인들에게 필수품 같은 존재다.

환갑이 안 된 어머니도 그들에게는 노모가 된다. 그러나 슬픈 진실은 여자 친구 가방 사주려고 도둑질한 청춘은 봤어도 엄마 가방 사주려고 범행한 사람은 보지 못했다는 것이다.

일을 하다 보면 나 역시 그들이 말하는 수많은 노모, 즉 피고인의 어머니를 만난다. 그중 잊을 수 없는 어머니가 있다.

학생 때부터 절친하게 지내온 남자 네 명이 의기투합해서 사기를 쳤다. 이들은 대출을 받아줄 능력이나 의사도 없이 대출을 받아준다고 무작위로 문자를 보낸 다음 답이 오는 사람들에게 대출 수수료 명목으로 돈을 입금받는 방법으로 사기 행각을 벌였다. 그들은 방까지 얻어서 전화를 설치하고 나름대로 매뉴얼도 갖춰 체계적으로 사기를 쳤다.

피해자가 많고 피해 규모도 커서 4총사는 모두 수사 과정에서 사이좋게 구속되었다. 특정 친구에게 범죄 행위를 미루지 않고, 모두가 함께 범행했다고 말한 피고인들은

1심에서 징역형을 받았다. 그리고 나는 네 사람 모두의 항소심 국선변호인으로 선정되었다.

우정이 두터운 이들의 1심 기록을 살펴보니 피고인들 가운데 한 사람의 어머니가 두드러진 활약을 펼친 사실을 알 수 있었다. 1심에서 네 피고인에게 같은 사선변호인이 선임되었는데, 피고인 윤정석의 어머니가 모든 변호 비용을 부담한 것이었다. 윤정석의 어머니는 피해자를 찾기 위해 은행과 통신사에 사실조회 요청을 거듭했고 연락처를 알게 된 피해자들에게는 기어코 피해 금액을 변제했다.

윤정석의 집이 부유한 것도 아니었다. 그의 가정 형편도 어려웠고, 아버지는 큰 사고로 몸을 움직이기 어려운 상태로 투병 중이었다. 어쨌든 그의 열성적인 어머니는 열 명도 넘는 피해자의 피해를 회복시키고 변제하느라 1심에서 많은 시간과 돈을 썼다. 아들이 구속되자 아들의 친구들까지 변호인을 선임해 주고, 친구들에 대한 처벌불원서와 합의서까지 받아서 제출했다.

일부 피해자들은 사건 이후 전화번호를 바꾸었는데 그

어머니가 자신을 어떻게 찾았는지 놀랐다고 했다. 윤정석의 어머니는 1심에서 끝내 연락이 되지 않아 합의를 하지 못한 두 사람의 피해도 회복하고 싶다고 했다. 1심에서 이미 선처를 많이 받았기 때문에 추가 합의를 한다고 해서 형이 낮아질 것 같지는 않았다. 그래도 윤정석의 어머니는 반드시 피해자를 찾아 아들이 사기 친 돈을 돌려줄 것이라고 했다.

어머니의 의지대로 항소심에서도 피해자들을 찾기 위해 사실조회 신청을 계속하다 결국 피해자들과 연락이 닿았다. 그녀는 피해자에게 사죄하고 피해 금액보다 더 큰 금액을 주고 합의를 받아냈다. 그렇지만 나는 그녀에게 형이 깎일 것을 기대하지 말라고 말할 수밖에 없었다. 그러자 윤정석의 어머니가 말했다.

"아들이 쉽게 돈 벌려고 이 일을 한 거잖아요. 엄마가 남한테 피해 주지 않으려고 이렇게까지 하는 모습을 아들이 보면 깨닫는 게 있을 거라고 생각해요."

그녀는 나에게 부탁 한 가지를 했다. 아들에게 접견 가서 이 말을 꼭 해달라는 것이었다.

"너는 친구들에게 위험한 친구였고 좋은 친구가 아니었다. 앞으로 친구들이 자리 잡을 수 있도록 출소해서도 연락하지 말고 지내라."

그녀는 이 말을 변호사인 내가 해주면 아들이 더 잘 새겨들을 것 같다는 말을 덧붙였다.

보통 자기 아들은 멀쩡하고 착한데, 나쁜 친구를 만나서 삐뚤어졌다고 생각하기 마련이다. 그런데 이 어머니는 자기 아들은 친구들에게 좋은 영향을 주는 친구가 아니었으니 서로 만나서는 안 된다고 말했다. 그래야 네 명 모두 바르게 설 수 있다고 말이다.

피고인의 어머니를 보면서 '신은 모든 곳에 있을 수 없어서 어머니를 보냈다'는 명언이 떠올랐다. 그런 어머니를 둔 피고인은 잘못을 뉘우치고 형기를 채운 다음에는 제대로 살 수 있으리라는 생각이 들었다.

매년 신임 검사가 임관하면 기사가 나온다. 그 기사에는 '장한 검사 아들을 안아주는 어머니'라는 제목의 사진이 함께한다. 검사 법복을 입은 아들을 안고 있는 어머니는 벅찬 표정을 숨길 수 없다. 하지만 세상의 어머니들에게는 검사 아들도 소중하지만, 검사에게 잡혔던 아들도 소중하다.

변호인은 무척 실망했다

구속되어 있는 피고인에게 꼬박꼬박 어머니처럼 접견하고 탄원서를 내어주고 아르바이트를 하면서 번 돈으로 영치금까지 넣어주는 연인들을 종종 본다. 서로 어려울 때 저버리지 않고 도와주는 모습을 보면 참사랑이라고 할 만하다.

20대 청춘의 피고인들 가운데 자신의 범죄 전력에 대해서 밝히지 않고 여전히 과거와 같이 반복해서 나쁜 행동을 하면서도 새로 사귄 연인에게는 이번이 처음인 양 실수인 것처럼 속이는 경우가 있다. 이때 속은 당사자에게 필요한 것은 형사재판 기록일 것이다. 형사재판 기록에는 피고인의 수사전력자료와 범죄경력자료가 붙어 있다. 그래서 변호인은 사건 기록을 통해 피고인이 범죄를 저지른 경력과 수사를 받았던 전력, 청소년 시절에 보호처분을 받은 전력과 가정폭력 사건으로 보호처분을 받은 전력을 알 수 있다.

사기 전과가 많은데도 중고 물품 거래 사이트에서 또다시 사기 행위를 하여 구속된 피고인이 있었다. 그의 여자 친구는 직업이 없는 남자 친구를 대신해서 자신의 돈으로 피해자와 합의를 했고, 끊임없이 추가로 수사되어 병합되는 사건에 놀라면서도 단순히 자신의 연인이 경솔한 판단을 했으리라고 믿었다. 결국 그녀는 힘들게 일해서 모은 돈을 남자 친구의 합의금으로 탕진했다.

이 애틋한 연인의 모습을 보고 '돈 먹는 하마 같은 피고인'이라고 마음속으로 생각했을 뿐이다. 나는 피고인의 변호인이지, 피고인 여자 친구의 엄마는 아니니까.

한 남성 피고인의 재판이 잡혔다. 피고인은 청소년기의 비행 전력도 없었고 어려운 가정환경에서도 성실하게 살아온 청년이었다. 그는 고되게 일하면서 아픈 어머니를 간병하고 아르바이트를 병행하며 대학 교육까지 마쳤다.

　피고인의 죄명은 권리행사방해죄였다. 그는 영업직 일자리를 구한 후 어머니를 병원에 모시고 다닐 때 사용하려고 캐피털 할부로 차를 구입했다. 일을 하며 할부금의 절반을 납입했지만 코로나19로 회사가 망하고 일자리를 잃은 다음에는 돈을 납입하지 못했다. 그리고 생활이 어려워지자 차를 담보로 사채를 빌렸다. 이후 캐피털 회사에 차 할부금을 갚지 못하고 사채업자로부터 차도 찾지 못하게 되자 캐피털 회사가 그를 고소했다.

　피고인은 자기 잘못을 인정하면서 깊이 반성하고 있었다. 그의 말과 글에서 그가 성품이 나쁘지 않은 사람임을 느낄 수 있었다. 나는 그가 조금이라도 선처를 받아서 다시 예전처럼 성실하게 살 수 있으면 좋겠다고 생각했다. 구치소에서 접견할 당시 그는 자신의 구속으로 상처받았을 약혼녀와 어머니를 생각하면 가슴이 아프다며 연신 눈물을 흘렸다.

재판 전날 그의 약혼녀라는 여성이 피고인의 재판 시간과 법정 호실을 확인하기 위해 사무실로 전화를 했다. 다음 날 있을 피고인의 재판을 보러 온다는 것이었다. 그녀는 자신의 집이 법원과 멀지 않다는 말을 남기며 전화를 끊었다.

재판 당일 피고인은 최후진술을 하면서도 울었다. 눈물을 흘리며 내뱉은 말은 "제 약혼녀에게 너무나도 미안합니다"였다. 그 순간 법정 방청석에서 유난히 훌쩍거리며 휴지로 눈물을 콕콕 찍어내고 있는 여성이 있었다. 누가 봐도 그의 약혼녀였다.

판사의 눈길마저 약혼녀로 향했다. 나와 판사의 눈길을 동시에 사로잡은 여성은 낙타의 속눈썹처럼 긴 인조 속눈썹에 진한 눈 화장을 뽐내고 있었고, 그에 어울리는 화려한 귀걸이와 명품 백을 걸치고 있었다. 그리고 아래에는 수면 바지와 털 실내화. 그녀의 착장을 보고 있자니 감당할 수 없는 피곤함이 파도처럼 밀려오는 듯했다.

재판을 마치고 법정 밖을 나가자 약혼녀가 눈물을 글썽이며 내게 다가왔다.

"어떻게 될 것 같으세요, 변호사님."

나는 사건에 대해서 이런저런 이야기를 하다가 그녀에게 물었다.

"오늘 혹시 병원에서 오시거나 무슨 사정이 있으셨나 봐요. 수면 잠옷 바지를 입고 계셔서……."

한겨울에 속옷만 입고 다녀도 다 사정이 있을 거라고 생각한 나에게 돌아온 그녀의 말은 간결했다.

"아뇨, 좀 쌀쌀한 거 같아서요."

법정에 특별히 드레스 코드가 있는 건 아니다. 그래도 약혼자의 앞날에 영향을 미칠 중요한 재판인데 낡고 남루하더라도 깔끔한 옷을 입었으면 좋지 않았을까 하는 아쉬움이 들었다. 약혼녀라는 사람이 복슬복슬한 수면 바지에 명품 백을 들고 있으니 피고인이 사회로 나가 약혼녀와 함께 살면서 결코 재범하지 않으리라는 확신을 주는 것에 동력이 좀 떨어지는 것 같았다.

사무실로 돌아가니 아까 그 약혼녀에게서 전화가 걸려

왔다. 내가 어떤 법률적인 부분을 잘못 알고 변론한 것 같다는 그녀의 말로 통화는 시작되었다. 잘 아는 사람에게 물어보니, 어떤 점이 법적으로 성립이 안 된다고 그랬다는 것이었다. 나는 그녀가 잘 안다는 사람이 누구냐고 물었다. 어떤 변호사가 나와 다른 법률 지식을 가졌는지 궁금했다. 이내 순수한 목소리가 전화기 너머로 들려왔다.

"아니, 변호사는 아니고요. 살다 나온 사람이요."

'아는 오빠'가 징역 살다 나와서 이 분야에 빠삭하다는 말이었다.

법률 전문가도 아니고 징역 살다 나온 사람의 말을 믿고 변호사에게 항의하는 이 약혼녀에게도, 이 여자 친구를 생각하며 눈물짓는 피고인에게도 변호인은 무척 실망했다.

유혈목이

꽃뱀이라고 하면 사람들은 대개 남자를 꼬셔서 돈을 뜯는 여성을 떠올린다. 본래 꽃뱀은 '유혈목이'라는 뱀의 또 다른 이름이다. 유혈목이가 흔히 '꽃뱀'이라 불리는 이유는 몸에 만개한 꽃과 닮은 화려한 무늬가 있어서다. 암컷 유혈목이만 꽃뱀이라 부르는 건 아니고, 수컷 유혈목이도 꽃뱀이라 부른다. 한국에서 흔하게 볼 수 있는 뱀으로 나도 종종 보는 편이다.

피고인 최홍순은 연상의 여성에게 집안의 재력, 학력과 직업 등 모든 것을 속이고 접근했다. 그 여성은 나이도 어리고 키 크고 직업과 학벌도 좋고 부유하며 잘생긴 남자가 누나만큼은 장난으로 만나고 싶지 않다며 절절하게 사랑을 고백하니 가슴이 두근거렸을 것이다.

백수였던 최홍순은 유명 펀드매니저 행세를 했고, 현란한 말솜씨로 여성에게 투자를 권유했다. 그는 배움이 짧고 직업 없이 무위도식했으나 얼굴만큼은 천재라 불릴 만했다. 얼굴 덕을 봤는지 그 여성과 만난 지 얼마 되지 않아 최홍순은 투자 명목으로 4천만 원을 건네받았다.

이후 돈이 필요하니 투자금을 돌려달라고 하는 여성에게 최홍순은 개인적인 사정을 핑계로 대며 이별을 통보했다. 곧 그 여성은 최홍순을 사기로 고소했다. 최홍순에게 같은 수법으로 당한 피해 여성은 여럿이었다.

내 앞에 앉은 최홍순은 4천만 원은 사랑하는 연인에게 힘을 실어주고자 그 여성이 호의로 준 것이라고 말했다.

"힘내라고 홍삼을 준 것도 아니고, 4천만 원을 줬다고요?"

"네. 다른 여자들도 다 이 정도는 해줬어요. 그런데 얘만 이래요."

최홍순은 재판에서 사랑의 항변을 해보았지만(재산을 무상으로 주는 '증여'라고 주장) 받아들여지지 않았고 유죄판결이 선고되었다. 하지만 피해자는 돈을 잃은 것보다, 연인이 자신을 사랑하지 않았다는 사실에 더 상처받았을 것이다.

피고인 윤익구는 호스트바에서 일하다가 손님으로 만난 연상의 여성과 동거를 시작했다. 사랑한다는 말의 진정성을 보여주기 위해서 윤익구는 그녀에게 더는 호스트바에 나가지 않겠다고 약속했고, 그 결과 돈을 벌지 않고 그녀에게 모든 것을 의존했다.

연인의 투닥거림이 몇 차례 발생하고 윤익구는 이별을 통보받았다. 윤익구는 그녀의 집을 나오면서 노트북과 각종 돈 되는 물건을 훔쳐 나왔다. 여성은 윤익구를 절도죄로 고소했다. 예전에도 같은 방식으로 여성들에게 접근해서 돈을 뜯고 물건을 훔친 죄로 여러 번 처벌받은 전력이 있던 윤익구는 수사 과정에서 구속되었다.

윤익구는 그녀의 마음만 훔치고 물건은 훔치지 말았어야 했다. 어쩌면 윤익구의 여자 친구였던 그녀는 윤익구가 자신을 붙잡아 주기를 바라며 헤어지자고 했을지도 모른다. 그런데 윤익구는 자신의 습성을 숨기지 못하고 물건을 훔쳐감으로써 그녀에게서 추억도 같이 빼앗은 것이다. 결국 여자의 마음을 가지고 장난쳤던 윤익구는 구치소에서 매일 남자 열 명과 함께 자야 하는 신세가 되었다.

최홍순과 윤익구는 인생을 더 살아봐야 사랑이 무엇인지 알까, 징역을 더 살아봐야 사랑이 무엇인지 알까.

중학생들에게 '동네 PC방 형'이라고 불렸던 피고인 장정민은 외국계 항공사 파일럿이라고 속이고 한 여성과 연애를 시작했다. 연애가 무르익자 장정민은 여자 친구에게 돈을 빌렸고, 이후 장정민이 돈을 갚지 않자 여성은 사기죄로 그를 고소했다.

나중에 그의 처지가 모두 들통났을 때도 장정민은 당당했다. 그는 돈을 빌린 적도 없다고 주장했다. 피해자 여성은 장정민의 지장이 찍힌 차용증이 있다고 주장했지만 그는 차용증에 지장을 찍은 사실이 없다고 했다. 형사사건과 별개로 진행되고 있던 민사재판에서 차용증에 찍힌 지장은 그의 지장이 아닌 것으로 드러났다.

지장을 찍은 다음 돌려주겠다고 차용증을 가져간 장정민은 자기 엄지발가락을 인주에 묻혀 차용증에 찍은 다음 피해자에게 주었다. 즉, 지장이 아니라 '족장'이었던 것이다. 장정민의 뻔뻔함에 나는 조금 부끄러웠다. 나의 부끄러움과 별개로 장정민은 계속해서 당당했다. 그는 피해자에게서 빌린 돈을 데이트 비용으로 함께 사용했기 때문에 돌려줄 이유가 없다고 했다.

그는 무죄를 강하게 주장했다. 잘못을 인정하고 피해자에게 용서받는 것이 형량을 적게 받는 데 가장 좋은 방법이라는 설득도 그에게 먹혀들지 않았다. 나는 그의 염치없는 주장을 바탕으로 나름대로 법적인 표현을 사용해서 자극적이지 않게 변론했다. 내가 그의 편에서 무죄를 주장하자 장정민은 내가 그를 유혈목이로 취급하지 않았다고 느낀 것 같았다. 재판이 끝난 후 그는 내게 감사 편지를 보내왔다.

"변호사님, 저는 호스트바에서 선수 생활을 할 때도 자부심을 잃지 않았습니다. 변호사님도 비록 국선이지만 쫄지 말고 당당하세요. 로펌 변호사보다 더 멋있습니다. 파이팅."

'공사 친다'라고 표현하는 남자 유혈목이의 활동에는 나름의 규칙이 있다. 그들은 어린 여자를 공략하지 않는다. 어린 여자는 돈이 없을 가능성이 크기 때문이다. 작업을 시작한 다음에는 돈을 받을 때까지 상당한 지구력을 보였다. 첫 만남에 섣불리 스킨십을 시도하지 않고 돈을 받는 그 순간까지 매너 있는 모습을 보여준다. 마음을 얻어내는 일에 집중하는 것이다.

그 과정에서 상대방의 이야기를 경청하며 공감하고, 깊은 이해심을 보여준다. 상대방에게 어떤 매력이 있는지 느끼게 해주고 자존감도 살려준다. 처음에는 돈이 목적이 아닌 듯 데이트 비용도 직접 부담하고 함께 있는 시간 자체가 목적인 것처럼 행동한다. 그리고 돈을 받으면 이런저런 핑계를 대며 연락을 줄인다.

그들은 피해자에게서 돈을 빼내기 전까지 감정 노동을 하면서 시간을 쓰고 각종 맞춤형 서비스를 제공함으로써 자신은 나름대로 '땀 흘려서 돈을 벌었다'고 생각했다. 그래서인지 죄책감이 없었다. 즉, '공사'를 '일, 노동'이라고 생각하는 것이다.

그러나 공사 치는 과정을 잘 살펴보면 그것은 노동이라고 보기 어렵다. 누군가가 수단과 목적이 분리되면 노동이고, 수단과 목적이 일치하면 놀이라고 했다. 행복하기 위해서, 돈을 벌기 위해서 등 다양한 목적을 위해 우리는 그 자체로는 행복하지 않을 수도 있는 행위를 한다.

그런데 남성 유혈목이들은 상대 여성의 돈으로 놀고먹고 여행하고 거처도 마련하고 차도 사고, 종내에는 더 큰 돈을 받는다. 이걸 어째서 노동이라 할 수 있는가. 그들은 그저 상대를 가지고 놀았을 뿐이다.

접견실에서 한 여자가 자신이 처한 상황이 믿기지 않는 듯 몸부림치며 울고 있었다. 1심에서 구속된 피고인 윤혜경이었다. 그녀의 죄명은 사기였다. 홀로 사는 중년 남성을 소개받아 데이트하게 된 윤혜경은 애교 있고 예쁘게 생긴 덕으로 쉽게 남자의 호감을 얻었다. 윤혜경은 신속하게 중년 남성의 재산 상황을 파악하고 호구조사를 마쳤다. 그녀는 그 남성에게 푹 빠진 듯이 행동했고 마치 그와 결혼할 듯 말했다. 그의 어머니가 사는 시골까지 반찬을 싸 들고 내려가 환심을 샀다.

이제 돈을 빌릴 차례였다. 윤혜경은 사업상 급히 돈이 필요하다고 그에게 부탁하기 시작했다. 곧 다른 명목의 돈이 들어오는 대로 갚겠다는 그녀의 말을 중년 남성은 믿었을 테다. 돈 부탁은 수차례 반복되었고, 그때마다 했던 윤혜경의 말은 모두 거짓이었다.

그녀가 빌린 돈을 조금도 갚지 못하고, 생활비나 용돈 명목으로 요구하는 액수가 점점 커지자 남자는 회의감이 들었다. 그리고 윤혜경의 거짓말을 하나둘씩 알게 되면서 크게 실망하여 헤어지자고 말했다.

그의 이별 통보에 마음이 급해진 윤혜경은 임신했다고 거짓말을 하며 그에게 책임지라고 했고, 시골에 있는 그의 어머니마저도 속였다. 며느릿감의 임신 소식에 크게 기뻐

한 어머니에게 상처를 주지 않으려고 남자는 윤혜경을 단호하게 끊어내지 못하고 질질 끌려다녔다. 그 와중에 돈은 계속해서 나갔다. 나중에는 임신 역시 거짓이라는 사실을 알게 되자 도저히 참을 수 없었던 그는 윤혜경을 사기죄로 고소했다.

그는 윤혜경의 친구 임주연도 사기의 공범으로 고소했다. 임주연은 윤혜경과 항상 붙어 다니던 친한 언니였는데, 윤혜경이 중년 남성을 만나러 갈 때나 그의 어머니를 만나러 갈 때 늘 운전을 해주었다. 임주연은 심약했고 윤혜경에게 정신적으로 의지하고 있어서 그녀가 부를 때마다 어디든지 달려갔다.

공범으로 재판을 받고 있었던 두 사람은 잘 맞는 '원 팀'이었다. 한창 입을 맞춰 무죄를 주장하고 있던 때, 갑자기 임주연의 동생이 윤혜경을 고소하면서 팀은 공중분해되었다. 윤혜경이 임주연의 자매들에게도 돈을 빌리고 갚지 않은 것이었다. 계속되는 윤혜경의 핑계와 거짓말에 결국 임주연도 등을 돌렸다.

피해 남성이 결혼을 전제로 자신의 처지를 안타깝게 여겨서 도와준 것일 뿐이라며 증여를 주장한 윤혜경의 진술은 임주연의 진술로 설득력을 잃었다. 임주연은 법정에서 윤혜경이 평소에 그 남성을 속이고 돈을 뜯는 게 영화보다 더 재미있다는 말을 자주 했다고 진술했다. "사랑을 연기하고 돈을 버는 것이 꼭 배우 같다"라고 말했다는 것이다.

윤혜경은 구속된 이후에도 피해 남성 탓을 하고 자신이 그의 어머니에게 얼마나 잘해주었는지 하소연했다. 조금도 반성하지 않았다. 그리고 피해자는 돈을 돌려받지 못했다. 그녀에게 재산이 없었기 때문에 민사소송도 의미가 없었다.

어디에나 진상은 있다

    '진상'은 본래 '진귀한 물품이나 지방의 특산물을 윗사람에게 바치는 행위'를 의미했으나, 진상이 지닌 폐단이 부각되면서 '허름하고 나쁜 것을 속되게 이르는 말'로도 사용되었다고 한다. 최근 유행하고 있는 '진상'은 이 말의 부정적 의미를 차용하여 '꼴불견이라 할 수 있는 행위나 그런 행위를 하는 사람'을 가리키는 말로 쓰이고 있다.

    '유독 까탈스럽게 굴다'라는 의미로 사용되는 '진상 떨다'라는 말은 곳곳에서 어렵지 않게 들을 수 있다. 세상 어디에나 진상은 있고, 진상은 자신이 진상인지 모른다. 오히려 진상이 아닌 사람이 괜히 자신을 돌아보며 내가 진상 짓을 했나 하고 반성한다.

피고인들 가운데도 유난히 변호인을 힘들게 하는 사람이 있다. 성실한 변론을 넘어서 '수발'을 들기를 원하고, 필요한 정도의 접견을 넘어서 '옥바라지'를 바라면서, 때로는 무리한 요구라서 들어주지 않으면 "국선이라서 대강하느냐"라고 핀잔하는 사람이다. 지나치게 예민하고 의심이 많아서 처음부터 따지듯 대하는 사람, 자신이 바라는 대로 해주지 않으면 무조건 화를 내는 사람도 있다. 또 주워들은 잘못된 상식을 고집하면서 정작 변호사의 말은 듣지 않는 유형도 있고, 이른바 '성실 변론 압박' 유형도 있다.

내가 겪은 성실 변론 압박 유형의 피고인들 가운데 제일 괴로웠던 경험은 일명 '바둑이' 사건이다. 피고인은 목줄을 채운 개와 산책을 하고 있었다. 그러다가 개가 행인에게 다가갔고, 행인은 비명을 지르며 개가 자신을 물었다고 주장했다. 그 결과 피고인은 과실치상죄로 기소되었다.

수사 과정에서부터 개가 사람을 물었는지 혹은 다가가기만 했는지를 두고 치열한 공방이 펼쳐졌다. 피고인은 내게 자신의 개 바둑이는 결코 사람을 물지 않았다면서, 바둑이를 자기 목숨처럼 사랑하지만 "사람을 무는 개는 키울 수가 없다"라고 말했다. 그러면서 나에게 던진 말은 경악스러웠다.

"이 재판에서 지면, 저는 바둑이를 살려두지 않을 겁니다."

그때부터 나는 충격의 도가니에 빠져서 시름시름 앓았다. 그렇게 말한 피고인에게 분노했지만, 어쨌든 내가 생명을 방생해서 덕을 쌓아도 모자란데 변론을 잘못해서 실체적 진실이 묻히고 이 때문에 정말 바둑이가 죽을 수도 있다고 생각하니 잠을 이룰 수 없었다.

나는 중요한 시국 사건을 변론하듯 서면을 쓰고 조사를 했다. 그 사건으로 법정에 가는 날에는 글래디에이터가 경기장에 나갈 때처럼 비장한 마음이 들었다. 마치 주문을 외우듯 '바둑이를 살려야 한다, 살려야 한다'는 말을 머릿

속에서 중얼거렸다.

　때로는 법정에서 나의 비장함 말고 다른 사람의 비장함을 목격하기도 한다. 내 사건의 재판을 기다리면서 다른 사건의 재판을 방청하고 있던 때였다. 해당 사건의 피고인은 위험한 물건으로 다른 사람을 때려서 특수상해죄로 재판을 받고 있었다. 위험한 물건이나 흉기를 들고 상해를 입히면 일반 상해죄에 '특수'라는 글자가 붙고 가중 처벌된다. 피고인은 자신의 죄명에서 '특수'를 빼달라고 조르고 있었다.

　검사는 공소장을 변경할 계획이 없다고 했고 판사는 공소장을 강제로 변경시킬 수 없다. 그런데도 피고인은 계속 판사에게 시비조로 말했다. 이토록 법정에서 매우 부적절한 행동을 하는 사람을 본 것은 오랜만이었다. 언성을 높이며 따지는 피고인에게 판사는 피고인 주장대로 위험한 물건으로 가격하지 않았으면 그 부분은 무죄가 되는 것이고, 판사가 검사에게 죄명을 바꾸라고 지시할 수는 없다고 차분히 설명했다.

피고인은 조르다 조르다 안 되니까 결국 화를 내며 소리까지 질렀다.

"아, 솔직히 사람 싸다구 때리는 게 죕니까? 네?"

그 순간 나는 가슴속에서 삼선 슬리퍼를 꺼내어 파파팟 까치발로 바닥을 딛고 공중 부양해서 피고인석으로 날아간다. 그리고 슬로우 모션으로 슬리퍼를 든 손을 위로 치켜올렸다가 그 난동남의 오른쪽 뺨에 쫙 날리고 "싸다구 때리는 게 죄가 아니라며"라고 말하며 착지한다. 이런 상상을 하며 나는 품위를 잃지 않은 자세와 표정으로 계속 서류를 훑었다.

재판이 끝나고 판사가 선고 기일을 정해서 그에게 알려주니 그는 차마 입에 담을 수 없는 욕설을 했다. 방청석에 앉아 있던 사람들이 일제히 코브라처럼 고개를 들었다. 피고인은 계속해서 욕설을 내뱉으며 투덜거리다 모습을 감췄다.

그날 방청석에는 지연된 다음 재판을 기다리고 있는 사람들로 가득 찬 상황이었다. 험한 욕설에 방청석에서도 충격이 가시지 않았다. 그때 판사가 나직하게 말했다.

"저런 말을 들으면 재판장도 좀 힘듭니다. 잠시만요."

판사는 법정에서 부적절한 행위를 하는 피고인을 즉시 감치할 수 있다. 그러나 그날의 판사는 30초 정도 아무 움직임 없이 가만히 있더니, 다시 아무 일도 없었다는 듯 다음 재판을 차분하게 이어나갔다. 나는 살아 있는 부처 수준의 대처와 그 이후 사건에서도 감정을 드러내지 않는 판사의 온화한 재판 진행에 놀랐다.

법정을 나오면서 어느 영역이나 다 힘들구나 하고 생각했다. 그리고 까다로운 고객을 상대하는 나만의 방법을 다시 한번 복기했다.

1. 악성 고객과 진상 고객은 다르다. 악성 고객일 경우 정상 고객으로 변할 여지가 있다.
2. 상대방의 목소리와 톤을 제거하고 내용만 듣는 'MR 제거 기법'으로 불만 사항의 요지를 파악한다.
3. '영어 듣기 자세'로 진지하게 응대한다(안 들리지만 들으려는 제스처를 취한다).

4. 상대방이 가진 불만 사항을 파악한 다음 입장을 바꿔
   생각해 보고 수용 가능한 정상적인 요구라면 민원 해
   소를 위해 적극 노력한다.

의심이 많거나 예민한 피고인을 대할 때는 그들의 불안을 해소해 주기 위해 그들의 말에 집중하고 있음이 드러나는 진지한 자세로 말을 듣고 부드러운 말투로 응한다. 그러면 상대의 불안이 누그러지는 게 보인다. 피고인이 따지고 짜증스럽게 나오더라도 노래의 반주인 MR을 없애고 가사만 듣는다는 마음으로 내용에 귀 기울이면, 상대방이 나를 공격하려는 의도가 아니라 원하는 게 있거나 불안해하고 있다는 사실을 알 수 있다.

물론 이런 노력을 했는데도 생래적 진상으로 판명되는 경우도 있다(때로는 조기 진단도 가능하다). 그래서 내가 얻은 교훈은 '즐길 수 없으면 피하라'.

나도 변론하기 싫을 때가 있다

국선변호인 생활 초반에는 내 영혼을 탈탈 털어가는 피고인들에게 영혼도 털리고 체력도 털렸다. 지금은 다양한 유형의 사람들을 만나면서, 경험도 쌓이고 노하우도 생겨서 웬만한 일에는 정상혈압을 유지할 수 있다.

국선전담변호사들은 매달 새로운 사건을 일정한 개수로 배당받는다. 그 안에는 적절한 비율로 애처로운 사람, 불쌍한 사람, 이상한 사람, 나쁜 사람이 골고루 있다. 그중

'이상한 사람'이 피고인인 사건의 수가 그 달의 사건 운을 좌우한다.

새로운 사건을 배당받으면 일단 VIP를 추려낸다. 주로 예민하고 거칠며 비정상적인 요구를 하는 사람, 망상에 빠져 이상한 주장을 하는 사람, 법에 근거도 없는 증거신청을 요구하는 사람, 사건과 상관없는 요구를 하면서 이를 들어주지 않으면 수시로 변호인 교체 신청을 하거나 판사 기피 신청을 하는 사람, 상대방의 흠을 잡아내어 사사건건 진정하거나 불만을 제기하는 사람 등이 'Very Important Person(VIP)'이다.

어느 달에 배당받은 사건의 피고인들 가운데 신영국은 소년 시절부터 보호처분 전력이 화려했다. 성인이 되어서는 징역살이와 잠깐의 출소 기간 그리고 다시 징역살이를 반복했다. 그가 사회에 나와 있는 기간은 다음 징역살이 기간에 쓸 영치금을 범죄를 통해 마련하는 시간이었다. 이번 사건으로 신영국은 1심에서 징역 4년을 선고받았고 나는 항소심 변호인이었다.

그는 허위 통증을 호소하며 정형외과나 재활병원에 입원한 다음 거동이 불편한 환자들의 주민등록증과 장애인등록증을 훔쳤다. 그리고 훔친 주민등록증의 재발급 신청을 한 다음 이를 이용해 은행에서 피해자 명의로 대출을 받거나 카드론을 받아 유흥비로 사용했다. 그의 피해자들은 주로 장애인이면서 기초생활수급자였다.

이번 사건의 피해 규모는 상당히 컸다. 신영국은 피해자들의 돈을 유흥비로 탕진하고 일부는 자신의 돈인 것처럼 숨겼다. 피해 회복은 이루어지지 않았고 신영국은 피해자들에게 사죄도 하지 않았다. 그는 주민등록증과 장애인등록증을 모두 우연히 병원에서 주웠다고 주장했다.

그는 다른 전과도 많았지만 특히 절도죄 전과가 많았다. 절도죄는 같은 전과가 쌓이면 형량이 많이 올라가고 엄히 처벌받는다. 신영국은 절도가 아니라 남이 흘린 물건을 주워 사용하는 경우에 적용되는 점유이탈물횡령죄로 인정받으려고 꼼수를 쓰고 있었다.

그의 이전 사건 판결문을 보니, 그는 예전 절도 사건에서도 CCTV 영상에 포착되지 않은 한 물건을 훔친 게 아니라 우연히 주웠다고 주장했다. 그 주장이 담긴 기록에 나는 조심스럽게 나만 알 수 있는 VIP 표시를 해두었다.

그 VIP를 만나러 구치소에 방문했다. 신영국은 자신을 체포한 경찰과 피해자 한 명을 증인으로 불러서 신문해 달라고 요구했다. 주민등록증을 도난당했다고 주장하고 있는 피해자에게 "도난당한 게 아니라 잃어버린 거 아닙니까?"라고 묻는다고 한들 피해자가 "아, 생각해 보니 잃어버린 것 같네요"라는 대답을 할 리 만무하다. 증인신문이 의미가 없다는 것이다. 오히려 증인으로 나와 판사 앞에서 피고인에 대한 엄벌을 호소하기라도 하면 피고인의 형량에 불리했다.

나는 신영국에게 피해자를 부르는 게 재판에 유리하지 않을 것 같다고 말했다. 그러자 그가 음흉한 눈빛으로 답했다.

"우리처럼 법정에 많이 서는 사람은 법정에서 안 떨리지만, 일반인은 떨거든요. 증인신문할 때 잘 압박하면 당황해서 우리가 원하는 답변을 얻을 수도 있을 겁니다."

순간 단전에서 뜨거운 기운이 올라온 나는 "피해자한테 미안하지도 않습니까?"라고 물었다. 나의 물음에 돌아온 신영국의 목소리는 나의 내면의 뜨거움과는 지나치게 대조적이었다.

"그 사람은 피해 금액도 4천만 원밖에 안 되는데요."

"4천만 원이 적은 돈입니까? 기초생활수급자한테 전 재산 같은 돈을 잃게 해놓고 지금 뭐라고 하시는 거예요?"

나의 말에 신영국이 능글맞게 웃었다.

"제가 주운 게 진실이니까 그렇죠."

그는 "피고인이 부인하는데 변호인이 자백하라고 검사처럼 하면 됩니까"라는 말을 덧붙였다. 결국 나는 피해자를 증인으로 신청하기로 했다. 그리고 경찰은 왜 증인 신청을 하느냐고 물으니, 신영국은 체포 당시 미란다 원칙을 고지받지 못했다고 말했다.

경찰은 범죄자에 대한 경험이 많다. 전과가 화려한 사람을 수사하고 체포하는 경우라면 각별히 주의했을 것이다. 신영국은 자신의 절도죄 피의자 신문조서를 어떻게든 증거능력이 없게 만들려는 수작을 부리고 있었다.

드디어 증인신문 당일, 신영국은 나와 검사의 신문이 끝
난 다음에 자신이 원하는 답을 이끌어내기 위해서 벌떡 일
어나 피해자를 압박하기 시작했다.

"니가 진실을 말해도 나는 처벌받거든? 주민등록증을
흘렸으면 흘렸다고 말을 해!"

칼만 들지 않았을 뿐 협박하는 게 강도나 다름없는 모습
이었다. 짝다리를 하고 피해자에게 삿대질을 하면서 얼굴
을 들이미는 시늉을 하며 소리치는 모습이 가관이었다. 이
에 피해자는 "야, 이 사람아 벼룩의 간을 빼먹어라!"라고
소리치고, 판사는 도가 지나친 언행을 하는 신영국을 제지
했다.

그러자 다시 신영국은 판사가 왜 증인 편을 드냐며 난동
을 부리고, 검사가 증인에게 유리한 신문을 하자 그 질문
의 의도를 파악하지 못한 증인은 눈치도 없이 검사에게 소
리를 지르고, 교도관은 난동 중인 신영국에게 흥분하지 말
라고 제지하고…… 말 그대로 아비규환이었다.

신영국은 판사를 향해 법대로 올라갈 듯 큰 소리로 따졌
다. 판사가 하지도 않은 말을 했다고 트집을 잡으며 편파

재판을 주장했다. 그리고 코로나19 때문에 설치한 투명 칸막이를 손으로 치며 말했다.

"나 이러면 재판 안 받아."

이전에 이런 피고인을 저지해 본 경험이 있다. 이런 유형의 피고인은 내가 말리면 이걸 빌미 삼아 더 큰 난동을 부린다. 심지어 "어? 국선변호인이 내 편을 안 드네?"라는 말을 들은 적도 있다. 여러 번 경험하고 나니 이제는 이럴 때 가만히 있는 편이 낫다는 것을 안다. 또 나는 피고인의 변호인이므로 피고인이 부적절한 처신을 한다는 점을 부각하는 것도 적절하지 않아서 더더욱 가만히 있었다.

신영국은 민란을 일으켜 법정을 장악한 사람처럼 굴었다. 나는 속으로 '와, 이 사람 정말 구제 불능이네'라고 진저리를 쳤지만 겉모습은 전혀 동요되지 않은 것 같은, 그야말로 피고인의 국선변호인이었다. 판사가 "변호인, 최후변론하시지요"라고 말하면 기계적으로 벌떡 일어나 피고인이 보기보다 나쁜 사람이 아니며, 불우하고 안타까운 사정이 있는 사람이고, 한 번만 선처해 주면 이런 행동을 하지 않을 수 있다는 둥 변론을 해야 하는 처지였다.

약 30분 동안 미동 없이 같은 자세로 앉아 있었더니 경추부 염좌가 심해지는 듯해 나도 모르게 뒷목을 잡았다. 맞은편에서 나를 보는 검사의 눈빛이 마치 '참 먹고살기 힘들다'는 말을 하는 것 같았다. 신영국은 긴 소동 끝에 "나 재판 안 받아. 씨"라는 말을 남기며 재판정 밖의 유치감으로 뚜벅뚜벅 걸어 나갔다.

재판을 마치고 사무실로 돌아오니, 다른 VIP에게서 편지가 와 있었다. 그는 망상증이 있는 사기꾼이었는데, 자주 나에게 이상한 요구를 했다. 이번에는 보석 신청을 해달라는 내용이었다.

"변호사님, 제가 대선에 출마해야 하니 보석 신청을 해주세요. 저에게 4경 8천 조의 영치금이 있으니 일부 찾아가서 보석보증금으로 걸면 될 겁니다."

부모덕, 자식 덕보다 중요한 내 자신 덕

국선변호인은 피고인에게 돈을 받지 않고 변론한다. 돈을 받지 않더라도 변호인으로서 충실한 변론을 해야 하는 것은 당연한 일이다. 그런데 가끔 그 정도를 넘어서 '과도한 애정'이 드는 사건이나 이른바 '꽂히는 사건'이 생긴다. 변호인은 얻을 이득이 없는데도 불구하고 각별한 애정이 생기는 피고인을 만나는 것이다.

언젠가 다른 국선전담변호사의 국민참여재판을 보조한

107

나라에서 월급 받는 변호사

적이 있다. 전과가 없는 젊은 피고인의 사건은 정말 억울해 보였다. 유죄가 선고되면 구속은 자명한 일이었다. 담당 변호사는 억울해하는 피고인을 위해 이 사건에서는 일반 재판보다 유리하다고 판단되는 국민참여재판을 신청했다. 그 변호사는 재판을 위해 다른 변호사들에게 조언을 구하고, 자료를 찾고, 여러 날 밤이 늦도록 재판 준비를 했다.

나는 애쓰는 그의 모습을 지켜보다 말했다.

"이제 그 피고인은 살겠네요."

실제로 국민참여재판에서 피고인에 대해 무죄가 선고되었다. 억울했지만 돈이 없어서 사선변호인을 선임하지 못했던 피고인은 희망 없이 국선변호인을 만났을지도 모른다. 하지만 변호인은 눈에 보이지 않는 무언가를 피고인에게서 발견했을 것이다. 변호인이 그 사람이 잘못되는 일이 없도록 내 가족의 일처럼 최선을 다하겠다고 마음을 먹은 것은 그 때문일 것이다.

그것은 오로지 그 사람에게서 풍겨 나오는 것이다. 기록에 나타난 그의 지난 삶과 현재 그에게서 드러나는 자연스러운 성품과 태도 그리고 마음가짐이다. 만약 그 사람이 악행을 저지른 전과가 수두룩하고, 자신의 처신에 대해서 조금도 아쉬워하지 않거나 피해자를 비난하거나 오만방자한 태도를 보였다면 그저 담당 변호인의 수많은 피고인 가운데 한 사람이었을 것이다.

지금까지 국선전담변호사로서 약 2천 건의 형사사건을 변론했다. 그 많은 사건 가운데 내가 사임 신청을 한 사건은 단 한 건이다.

피고인이 나에게 항의 혹은 불만을 표시하거나 또는 공격적이거나 예민하게 나오는 것은 사건 자체에 대한 불안감이나 억울함 때문일 수 있다. 법이나 재판 절차에 대한 이해가 부족해서일 수도 있고, 정신 질환 때문일 수도 있고, 나의 변론에 만족하지 못했기 때문일 수도 있다. 나는 늘 그런 마음들을 달래가면서 일을 한다. 그런데 이상하게도 한 피고인에 대해서는 만난 지 5분도 되지 않아 국선변호인 선정 취소 신청을 결정했다.

음식점을 운영하는 그는 주변 경쟁 식당 앞에 허위 내용의 플랜 카드를 붙여 명예를 훼손하거나 집요한 방식으로

109

나라에서 월급 받는 변호사

다른 가게의 영업을 방해했다. 법대를 나온 그에게는 유사한 전과가 많았다.

그와의 첫 상담 날이었다. 사무실로 들어오는 그에게 건넨 나의 정중한 인사는 무참히 무시당했다. 그는 곧바로 의자에 당도했는데, 마치 불결하다는 듯이 의자를 손으로 툭툭 털고 입으로 훅 바람을 분 다음 다리를 꼬고 거만하게 앉았다. 그러고는 내 책상 위에 여러 휴대폰을 올려놓았다. 녹음을 하고 있는 것 같았다. 그와 이야기를 하는 내내 누가 변호사인지 헷갈렸다. 그는 자신이 법을 더 잘 안다는 식이었고, 내게 취조하듯 물었다.

"유죄의 근거는."

그 짧은 물음에도 나는 차분히 그의 불리한 점에 대해서 설명했다. 나의 긴 설명에 그는 중간중간 "치"라고 추임새를 넣으며 히죽거렸다. 그리고 내 말에 비집고 들어와 자기가 하고 싶은 말만 늘어놓았고, 내가 그의 말에 동의하지 않자 또다시 비웃었다.

그의 행동에 나는 잠시 침묵에 빠졌다. 능력 없는 국선변호인이라는 인상을 주더라도 이 사람을 변호하지 않는

게 나을 것 같다는 생각이 들었다. 피고인 역시 이런 생각이 든 변호사 말고 다른 변호인을 만나야 충실한 조력을 받을 수 있지 않을까 하는 생각까지 금세 도달했다.

손가락으로 사건 기록지를 가리키며 지적질을 하고 있는 그에게 나는 국선변호인 선정 취소 신청을 하겠다고 말했다. 다른 변호사와 재판을 준비하는 게 좋을 것 같다고 말이다. 그는 많은 변호사를 만나보았지만 나 같은 황당한 변호사는 처음 본다면서 뭐 이런 변호사가 다 있냐며 소리쳤다.

그가 사무실에서 나간 다음 마음이 조금 진정되자 나의 행동이 부끄럽고 황당해서 헛웃음이 나왔다. 그보다 더 예민하고 요구 사항이 많은 피고인이나 국선변호사라고 대놓고 무시하는 피고인과도 잘 지냈는데 대체 그에게는 왜 그랬는지 스스로에게 의문이 들었다. 그리고 이내 그 답을 알 수 있었다.

나는 그가 오기 전에 선의로 무장하고 그의 편에서 싸울 준비가 되어 있었다. 그런데 그에게는 전의를 상실하게 만

드는 무언가가 있었다. 그것은 그가 내 방에 들어오는 순간에 생긴 게 아니라 그의 생 내내 만들어지고 쌓인 것일 테다.

내가 피해자와 합의하기 위해 긴 통화를 하며 사과하고 조아리는 모습을 지켜보던 한 피고인이 울면서 이렇게 말한 적이 있다.

"가진 게 없어서 자식들도 힘들게 하고 다른 사람한테도 폐 끼치고, 이제 변호사님까지 고생시키네요."

나는 피고인에게 말했다.

"선생님이 왜 가진 게 없어요. 제가 모든 피고인을 위해 피해자에게 이 정도로 심한 욕을 들어가면서 합의하려고 하지는 않아요."

사회의
안전망을 짜는
이유

우리가 빈곤한 사람, 취약한 사람들과 함께 살아
갈 수 있도록 마음을 쓰는 것은 언젠가 나와 내
가족이 이용할 수도 있는 그물을 함께 짜는 일이
다. 그럴 때 우리는 낯선 서로의 보호자가 되어
줄 수 있다.

법무부의 자식

한때 인터넷에는 일명 '없다' 시리즈가 떠돌아다녔다. 10대에는 철이 없고, 20대에는 답이 없고, 30대는 집이 없고, 40대는 돈이 없고, 50대는 일이 없고, 60대는 낙이 없고, 70대는 이가 없고, 80대는 처가 없고, 90대는 시간이 없으며, 100대는 다 필요 없다는 것이다.

40대를 살고 있는 나의 지난날을 짚어보니 얼추 맞는 것도 같다. 한 세대마다 무언가가 없다는 게 좋은 일은 아니건만, 그 경로를 얼추 맞춰 지나온 게 다행스러운 마음이 들기도 하는 건 어떤 사람들은 저 순서마저 지키지 못하기 때문이다.

대다수의 예측과는 전혀 다른 경로를 타는 경우도 있고 흔히들 기본이라고 생각하는 것마저 없어서 낙오가 아니라 출발도 제대로 하지 못한 경우도 많다. 나를 거쳐간 수많은 피고인을 지켜보면 종종 10대에 처가 없고(애는 있다), 20대에 이가 없고, 30대에 일이 없고, 40대에 철이 없고, 50대에 답이 없다.

조현병이 있는 한 20대 남성은 몇 십만 원을 더 벌기 위해 아르바이트를 찾다가 체크카드를 만들어 건네주면 돈을 주겠다는 유혹에 넘어가 피고인이 되었다. 이 피고인은 이혼한 누나와 조카 두 명, 암 투병 중인 어머니와 함께 살고 있었다.

그런데 어느 날 누나가 집에서 자살했다. 피고인은 이제 누나가 남긴 두 아이와 환자인 어머니를 홀로 부양해야 했다. 피고인은 조카들을 위해 조현병 치료와 약물 복용을 성실히 하며 자기 관리를 철저하게 하겠다고 다짐했다. 보호와 치료가 필요한 사람이 말하는 '철저한 자기 관리'라는 단어에 나는 의구심이 들었다.

40대 초반의 상습절도 피고인의 어머니는 남편의 알코올 중독과 가정폭력, 생활고를 견디다 못해 피고인이 중학생 때 자살했다. 피고인은 어머니가 떠난 이후부터 어머니 몫의 매까지 맞아야 했다. 고통에 몸부림치던 피고인은 아버지 앞에서 손목을 그었다. 피투성이가 된 피고인의 얼굴을 아버지는 죽도록 발로 찼다. 피고인은 그 이후 집을 나와 아버지와 연락한 적이 없다. "출소하면 앞으로 어떻게 살 건가요?"라는 나의 질문에 그는 "글쎄요……"라고 답했다. 그의 간결한 대답에 나는 그저 그가 거짓말하지 않아서 좋았다.

한 20대 초반의 병역법 위반 피고인은 조현병을 앓는 어머니와 단둘이 원룸에서 함께 살아왔다. 피고인이 중학생 때부터 피고인의 어머니는 조현병 증세가 심해져서 아들에게도 식칼을 휘둘렀다. 피고인은 방이 좁았기 때문에 엄마가 식칼을 들면 피할 곳이 마땅치 않아 많이 무서웠다고 고백했다. 자신이 하는 행동의 결과를 예상하지 못하는 피고인의 엄마는 피고인에게도 규칙을 지키는 법을 가르쳐줄 수 없었다. 기록을 보니 피고인에게 다른 전과는 없었다. 나는 피고인에게 그래도 이만하면 잘 자랐다고 말해주었다.

"행복한 가정은 모두 엇비슷하지만, 불행한 가정은 불행의 이유가 제각각이다."

톨스토이는 소설 《안나 카레니나》의 첫 문장을 이렇게 시작했다. 나는 대다수와 다른 경로를 걷고 있는 그들을 만날 때마다 이 문장을 떠올릴 수밖에 없었다.

내게 가장 강렬한 기억으로 남아 있는 경로 이탈자는 이재영이다. 내 또래인 그는 키가 작고 말라서 나보다 왜소해 보였다. 그의 등록기준지(본적)는 보육원 주소지였고 성인이 되어 보육원에서 막 나왔을 때는 공사장에서 일하면서 자립을 위해 노력했다. 그러던 어느 날 그의 머리 위로 대형 유리가 떨어졌다. 피를 많이 흘리며 쓰러진 이재영은 곧바로 병원에 후송되었다.

갓 성인이 되어 세상 물정을 모르는 이재영에게 공사장 반장은 일을 복잡하게 한다며 늘 화를 냈고 임금도 주지 않았다. 사고로 팔근육을 다치고 손가락을 굽히지 못하는 장애를 얻었는데도 그는 보상받지 못했고 임금 미지급도 문제 삼지 못했다. 순진한 사람을 이용하는 사람은 흔히들 말하는 사회적 강자뿐만이 아니었다. 결국 상당한 병원비는 그대로 이재영의 빚이 되었다.

손을 잘 쓰지 못해서 더 이상 일용 노동을 할 수 없게 된 이재영은 리어카를 끌며 폐지와 고물을 줍기 시작했다. 다른 집에서 내놓은 책이나 쇠붙이를 발견하면 묻지 않고 리어카에 실어 갔다. 그러면서 피해 금액이 작은 절도 전과가 생기기 시작했다.

내가 맡은 그의 사건에서 피해 금액은 1만 5천 원이었고, 피해 물품은 단독주택의 열린 대문 앞에 쌓여 있던 책이었다. 주인이 책을 집 안으로 옮기는 과정에서 잠시 문 앞에 둔 것이었다. 당시 이재영은 이미 절도 전과가 많아서 이번에는 특정범죄가중처벌법상 절도죄로 기소되었다. 절도를 여러 번 한 사람에게 특별히 엄벌을 주는 법이다.

이재영에게는 합의할 돈도 없었고 합의를 도와줄 지인이나 가족도 없었다. 나는 결국 합의를 이루지 못한 사정을 재판부에 알렸다. 이재영은 같은 죄명의 다른 피고인들에게 통상 선고되는 형량보다는 조금 낮은 징역 1년 6월을 선고받았다. 억대 사기를 치고도 그 정도의 형량을 받지 않는 특별한 사람들을 생각하면, 버린 줄 알고 가져간 1만 5천 원치의 책 무더기 때문에 받게 된 1년 6개월의 형량은 너무나 가혹했다.

검거될 당시 이재영은 리어카를 옆에 세워두고 공원 벤치에서 자고 있었다. 월세를 내지 못해서 더 이상 지붕 있는 곳에서 살 수 없었기 때문이다. 종일 폐지를 주워도 식당에서 밥 한 끼를 사 먹을 수 있는 돈을 벌 수 없는 날은 그에게 계속되었다.

당연히 이재영의 영치금은 '0원'이었다. 같은 방 사람들은 그가 오로지 관급 물품에만 의지해서 산다고 '법무부의 자식'이라고 놀렸다. 돈이 한 푼도 없으면 이재영은 입소 시 관급으로 받는 속옷으로 1년 6개월을 버텨야 하고, 물품을 빌리느라 방 사람들 사이에서 천덕꾸러기가 된다. 나

는 이재영이 걱정된 나머지 여분의 속옷과 세면도구 그리
고 방 사람들과 나눠 먹을 간식거리를 넣어주었다.

이재영의 출소가 예정되어 있던 겨울, 한파로 한강이 얼
었다는 뉴스를 보며 그를 떠올렸다. 가족과 집, 돈이 없는
그는 교도소를 걸어 나오면서 어디로 가야 한다고 생각했
을까. 그날 밤 어디에서 잤을까. 공원 벤치 옆에 세워둔 리
어카는 찾았을까.

늑대 소년

1920년 인도에서 늑대가 키운 두 명의 소녀가 발견되었다. 두 소녀는 각각 교육학자와 목사의 가정으로 옮겨졌다. 새로운 가정은 소녀들을 사람답게 만들려고 애썼으나 소녀들은 늑대의 습성을 버리지 못했다. 이후 한 소녀는 1년 남짓 살다 사망했고, 다른 소녀도 10년을 채우지 못하고 사망했다. 더 오래 살아남은 소녀는 그 기간에 겨우 단어 45개를 사용하고 포크를 이용해 음식을 먹을 수 있는 정도였다고 한다. 사람으로 태어났지만, 발달의 결정적 시기에 사람답게 사는 법을 배우지 못했기 때문이다.

이 일화를 떠올리게 하는 소년 형사사건이 있다. 피고인은 고등학교를 중퇴한 미성년 남자아이였다. 그는 이른바 '동네 노는 형'과 함께 오토바이를 타고 이동하던 중 기름이 떨어지자 다른 사람의 오토바이에서 몰래 기름을 빼내 자신의 오토바이에 넣음으로써 절도죄로 기소되었다.

기록에 나타난 피고인의 소년보호처분 전력을 보니 이미 여러 건의 절도와 폭행, 사기, 무면허 운전과 음주 운전으로 교통사고를 낸 적도 있었다. 처음에는 약한 보호처분으로 선처를 받다가 나중에는 소년원까지 다녀왔다. 이번에 검사는 피고인이 일반 형사재판을 받도록 기소했다. 피고인이 더 이상 선처를 받기 어려운 시점에 왔다고 판단한 것이었다. 피고인에게 유죄가 선고되면 이번에는 소년원이 아니라 교도소에 수감될 가능성이 컸다.

나에게 상담을 하러 온 피고인은 키가 크고, 기록에서 느낀 이미지와 달리 인사성도 밝고 차분했다. 그는 절도 공소사실도 인정했고 잘못했다고 말했다. 자동차 정비 일을 배워서 성실하게 살고 싶다고도 했다. 나는 형량을 줄이거나 선처를 받기 위한 자료인 양형 자료를 찾기 위해 피고인에게 이것저것 질문했다.

피고인의 부모는 미성년 시절 아이를 낳고 함께 살기 시작했다. 성인이 되기 전이었기 때문에 그들은 피고인의 할머니, 할아버지와 함께 살았다. 이후 아이 둘을 더 낳았고 그중 피고인은 막내였다. 피고인의 어머니와 할머니는 사이가 좋지 않았고 그 때문에 피고인의 부모는 자주 다투었다. 그리고 피고인이 다섯 살 때 어머니는 아이 셋을 두고 집을 나갔다. 아버지는 아이들을 부모님에게 맡기고 집에 잘 들어오지 않았다.

할머니 할아버지는 세 남매가 버거웠는지 동네에 방 한 칸을 구해서 미성년 아이들 세 명만 살도록 했다. 가끔 반찬을 넣어주는 게 전부였다. 아이들은 학교에 준비물을 자주 가져가지 못했다. 세 남매는 어른이 없는 집에서 살며 많은 것을 스스로 해결해야 했다.

피고인은 동네 노는 형들과 삼각 김밥과 라면을 먹으며

컸다. 부모는 피고인의 끼니를 챙기지 않았지만 그 형들은 피고인에게 함께 밥을 먹자고 했다. 피고인은 어려운 일도 형들과 상의했다. 피고인이 학교에서 괴롭힘을 당할 때 피고인을 위해 싸워준 사람도 동네 노는 형들이었다. 그 형들은 피고인의 생일날에도 밤늦게까지 함께 있어 주었고, 피고인에게 고기도 사주고 용돈도 주었다.

가끔 집에 오는 아버지는 공부를 하지 않고 놀러 다닌다며 피고인을 때렸다. 어느 날은 형들과 함께 있는 피고인을 보고 그들 앞에서 몽둥이로 때리고 발로 차고 얼굴을 짓밟았다. 어느 날에는 어머니가 원룸에 찾아와 맛있는 것도 사주고 옷도 사주었다. 그리고 자신의 결혼 소식을 통보했다.

언젠가 어머니 아버지와 함께 살 수도 있다는 희망을 가지고 있었던 피고인은 그날 영영 함께 살 수 없게 된 어머니를 떠올리며 많이 울었다고 한다. 그리고 동네 노는 형들에게 자신의 인생을 본격적으로 의지하기 시작했다.

국민참여재판으로 진행하기로 한 피고인의 재판에는 피

고인의 선도를 다짐할 어른이 필요했다. 그러나 어머니는 피고인의 연락을 받지 않았고 할머니, 할아버지와 아버지는 재판에 관심이 없었다. 피고인의 아버지는 나와 상담하기로 한 날에 자주 나타나지 않았다.

재판 전 그를 겨우 만날 수 있었다. 나는 피고인의 선처를 위한 양형 증인으로 그를 신문하고 싶다고 말했다. 피고인의 불우한 환경과 부모로부터 보살핌받지 못했던 어린 시절, 이제는 아버지가 아들을 잘 돌보고 선도하겠다는 다짐과 의지와 관련해서 신문을 할 것이라고 설명했다. 그는 어쨌든 잘되면 좋겠다면서 이제 아들에게 관심을 갖겠다고 했다.

재판 당일, 나는 예정대로 피고인의 아버지를 신문했다. 그와 나는 미리 나누었던 대화 그대로 신문을 계속해 나갔다. 그는 피고인의 성장 환경에 관한 나의 질문에 맞는다고 수긍했고, 신문은 순조롭게 이어지고 있었다. 이제 마지막 질문이었다.

"증인은 피고인이 왜 엇나갔다고 생각하나요?"

답은 정해져 있었다. 어른들이 잘 돌보지 못해서이고,

이제부터라도 관심을 가지고 살피겠다는 것이 사전에 계획된 답이었다. 그런데 피고인의 아버지는 뜻밖의 답을 내놓았다.

"처벌이 약해서죠."

피고인의 아버지는 자신이 이 자리에 왜 나왔는지를 잊은 듯이 말을 이어갔다.

"소년원 기간은 너무 짧아요. 아주 엄하게 처벌해야지, 6개월로 고쳐집니까? 이번에도 징역 가게 되면 좀 길게 갔으면 좋겠어요."

당혹스러워진 나는 서둘러 신문을 마무리했다. 예상하지 못한 불의의 공격을 받은 나는 최후 변론을 수정해야 하는 상황이 되었다.

'피고인에게는 나를 위해 기도하는 사람을 실망시킬까 봐 두려워하는 마음, 나를 사랑하는 사람을 실망시킬까 봐 두려워하는 마음, 나를 위해 헌신하는 사람을 실망시킬까 봐 두려워하는 마음이 없다. 건강한 관계를 맺어본 적이 없기 때문이다. 이제 우리가 믿어주어도 피고인은 또 우리를 실망시킬 수 있지만 피고인이 아직은 미성숙한 나이이기 때문에, 우리는 그런 위험을 무릅쓰고 믿어주어야 한다'는 요지의 변론을 하는 내 마음과 목소리에는 자신감이 없었다.

나는 배심원들에게 부모도 믿지 않는 피고인을 믿어달라고 해야 했고, 아버지가 엄벌을 원하는데도 선처를 구하는 변론을 해야 했다.

그날 배심원들은 만장일치로 피고인에 대해 소년부 송치 의견을 냈다. 재판 결과 역시 피고인을 소년부로 송치하는 것으로 결론이 났다. 처음에 배심원들은 피고인을 싹수가 노랗다는 듯이 냉정한 눈빛으로 바라보았다. 그런데 피고인에 대해 엄벌을 바라는 아버지의 모습을 보고 한 번더 기회를 주기로 한 것이다. 결국 소년은 교도소가 아니라 소년원으로 가게 되었다.

그 재판이 끝나고 3년쯤 지났을 때 사무실에 모르는 번호들로 전화가 걸려왔다. 그 피고인의 여자 친구, 아는 형, 아는 동생 등등이었다. 피고인이 지금 구치소에 있는데 내가 접견 와주기를 바란다는 것이었다.

"죄명이 뭔데요?"

"범단이요."

범단이란 '범죄단체'의 줄임말이다. 범죄단체를 조직하거나 범죄단체에서 활동하면 처벌받는데, 주로 '조폭'이라 불리는 폭력 조직에 가입해서 활동하면 그렇다.

"어느 조직인데요?"

"○○파요……."

나는 접견 가지 않았다. 피고인은 이제 성년이 되었고, 사람이 낳았지만 늑대가 길러주었던 소년은 다시 늑대 무리에게로 돌아갔다.

공룡과 같은 존재가 되기를

장재은의 유해물질관리법위반 사건이 배당되었다. 그녀는 정신병원에 입원해 있었고 외출이 어렵다고 해서 내가 직접 병원으로 찾아가야 했다. 미리 전화를 해서 3일 뒤에 방문하겠다고 말을 했는데, 그녀는 변호사가 병원으로 직접 와준다는 것에 연신 고마워했다.

장재은은 술에 취한 채 부탄가스를 한자리에서 세 통이나 흡입했다. 이 사건 외에 다른 전과는 없었다. 그녀는 대학 전공을 살려 한때는 성실한 사회인이었다. 그러다 몇 년 전부터 알코올 중독과 공황장애, 우울증으로 약물을 복용했지만 정신적 고통을 잊을 수 없어서 부탄가스까지 손대게 되었다는 내용이 기록에 있었다.

"언제부터 부탄가스를 흡입했나요? 알코올 중독은 언제부터예요?"

"3년 전, 보이스피싱으로 몇 천만 원을 날리고부터요."

보이스피싱이 공룡과 같은 존재가 되기를 오래전부터 바랐다. 공룡처럼 멸종되기를 말이다. 그러나 여전히 보이스피싱은 수많은 사람을 낚고 있다. 그 그물에 걸리는 사람은 다양하다. 하지만 어떤 사람들은 유난히 쉽게 그물에 걸린다.

보이스피싱이라고 하면 주로 전화를 걸어 피해자를 속이는 사람을 생각하지만 실제 보이스피싱 사기 사건으로 재판받는 사람들 대부분은 피해자로부터 현금을 받아가는 이른바 '인출책'이다. 보이스피싱 몸통 조직은 크게 두 가지로 분업화되어 있다. 전화로 피해자를 속이는 일과 피해자에게서 돈을 받아올 사람을 구인하는 일이다.

그들은 주로 아르바이트 앱이나 구인 광고를 통해서 인출책을 구한다. 코로나19의 영향으로 비대면 면접을 보는 채권추심업체라고 가장하는 경우가 많다. 단순히 채무자로부터 돈을 수거해서 회사에 입금하는 일이라고 속인다.

그들에게 속아 이 아르바이트에 가담하여 재판받는 사람은 주로 고등학교를 갓 졸업하고 집안 살림에 보탬이 되려고 한 청년, 어린 자녀의 학원비를 벌려고 한 가정주부, 남편 사업이 망해서 한 푼이라도 더 벌고자 아르바이트를 구하려던 중년 여성, 그리고 노인, 경계성 지적장애인 등 가난하거나 배움이 짧거나 주변의 도움을 받기 어려운 사람들이다.

보이스피싱 몸통은 중국이나 필리핀에 근거지를 마련하고 있는 경우가 많아서 검거하기 어렵다. 모두가 들어보았지만 본 사람은 없다는 전설 속의 용처럼 보이스피싱 조직의 최고 윗선들은 실제로 보기 어렵다.

피고인 노창웅은 낮은 지능을 가지고, 지능 범죄의 일종인 보이스피싱 사기로 기소되었다. 부모님은 그가 어릴 때 이혼 후 각자 재혼했고, 할머니 할아버지가 그를 양육했다. 초등학교에 입학해서는 수업을 따라가지 못했지만 고등학교까지 졸업하고 곧바로 군에 들어갔다.

군 제대 후 할아버지가 사망하자 노창웅은 자신을 키워준 할머니만큼은 직접 부양하겠다는 마음으로 아르바이트를 알아보기 시작했다. 여기저기서 면접을 보았지만 죄다 거절당했는데 딱 한 곳에서 그를 따뜻하게 반겨주었다. 역시나 면접은 비대면으로 이루어졌고, 그의 주민등록등본과 가족관계증명서, 이력서, 신분증 사진 역시 곧바로 전달되었다.

노창웅에게 주어진 일은 지하철 택배함에 보관된 물건을 수거해 오는 일이었다. 일을 시키는 과장이라는 사람은 만날 수 없었지만 약속한 일당을 매일 주는 직장에 그는 감사한 마음이 들었다. 노창웅은 매일을 열심히 일했다.

그러나 봄날은 길지 않았다. 곧 집으로 경찰이 들이닥쳤고 할머니 앞에서 노창웅은 체포되었다. 그는 봉투 안의 물건이 무엇인지 몰랐다. 그는 보이스피싱이 무엇인지도 몰랐다. 그는 자신도 모르게 보이스피싱의 조직적 사기 범죄의 공범이 되어 있었다. 노창웅은 징역 2년 6월을 선고받았다.

노창웅을 처음 접견할 때 그는 나에게 보이스피싱이 무엇을 의미하는지 물었다. 그의 기록에는 군 복무 시절 군의관이 작성한 의무기록사본과 학창 시절 선생님의 권유로 받게 된 검사의 결과지가 붙어 있었다. 그는 지능지수가 70이 되지 않았고, 숫자를 거꾸로 세는 게 불가능했으며, 뉘앙스나 의미를 알아차리지 못했다. 즉, 판단 능력이 매우 저조한 지적장애인이라는 것이다. 그는 군대에서도 적응하지 못하고 의가사 제대를 했다.

구속 후 할머니를 보았는지 묻는 나의 질문에 노창웅은 할머니가 화장도 하고 치마도 이쁘게 입고 자신을 보러 왔다는 말을 하다가 팔로 얼굴을 가리고 흐느꼈다.

"할머니가 그렇게 이쁘게 한 모습은 처음 봤어요."

손자를 면회하기 위해 자신이 가진 옷 가운데 가장 좋은 옷을 꺼내고 화장을 곱게 한 할머니의 마음이 아프게 다가

왔으리라. 노창웅은 판결이 확정되고 할머니 집과 멀리 떨어진 교도소에 수감되었다.

최근에 들어서야 보이스피싱에 연루될 수 있는 아르바이트를 조심하라는 광고가 나오기 시작했다. 그 전까지 이것은 알아서 피해야 하는 일이었다. 그리고 피하지 못하고 그들의 그물망에 걸린 사람들 역시 엄벌에 처한다. 상식적으로 생각해 보면 다 알 수 있고 의심할 수 있으니 미필적 고의가 있다는 것이다.

하지만 어떤 사람들에게는 세상 물정 모르고 무지한 것이 '고의'가 된다. 상식 역시 각자의 상식이 다르다. 법이 말하는 상식을 가지지 못한 사람도 있다는 사실을 여전히 법은 알지 못하는 것 같다. 《가난은 어떻게 죄가 되는가》에서 맷 타이비는 "가난한 사람의 입장에서는 온 세상이 법률적 지뢰가 묻힌 지뢰밭이다"라고 썼다. 인디언 속담에는 '그 사람의 신발을 신고 오래 걸어보기 전에는 그 사람을 판단하지 말라'는 말이 있다.

노창웅을 잊을 무렵 교도소에서 편지가 왔다. 그가 출소

하면 박카스 들고 찾아뵙겠다고 편지를 쓴 것이다. 이전의
편지들과 마찬가지로 글의 시작은 똑같았다.

"어머니 같은 변호사님."

추워지면 만날 수 있는 사람들

　무료 급식 봉사를 한 적이 있다. 오랫동안 급식 봉사를
해온 단체에 손수 신청한 것이었다. 처음 보는 사람들끼리
둘러앉아 양파도 까고 당근도 써는 게 별일 아닌데 참 좋
았다. 이내 노숙인과 노인들, 큰 짐을 둘러매고 있는 사람
들이 길고 긴 줄을 서기 시작했다. 봉사자들은 밥통과 국
통, 여러 반찬 통 앞에서 국자와 주걱을 들고 준비했다. 한
사람씩 앞을 지나가면 각자 맡은 대로 음식을 떠주면 되는

간단한 일이었다.

그곳에는 봉사자들에게 일을 시키며 급식 봉사를 진두 지휘하는 간사가 있었다. 그 간사도 예전에는 노숙인으로서 무료 급식소를 드나들던 사람이었다. 한때 노숙인이었고 지금은 노숙인을 돕는 간사는 식사 시간이 되자 손으로 나팔을 만들어 입에 대고 크게 소리를 질렀다. 끝이 보이지 않는 줄을 지나다니며 반복해서 말했다.

"오늘 생일이신 분! 오늘 생일이신 분 앞으로 나오세요!"

늘 있는 일이었는지 대열에서 한두 사람씩 옆으로 비켜서서 나오기 시작했다. 몇 시간 전부터 서 있었던 사람들을 제치고 행색이 초라한 몇 사람이 앞으로 나왔다. 그들에게 진짜 오늘 생일이 맞느냐고 확인하는 사람도 없었고, 왜 순서대로 주지 않느냐고 항의하는 사람도 없었다. 생일인 사람들이 앞으로 걸어 나오는 동안 줄을 서 있는 사람들은 그저 아무 말 없이 바라볼 뿐이었다. 생일자가 먼저 배식을 받는 동안 사람들은 차분히 기다렸다. 그곳에도 존재 자체의 가치를 지켜주기 위한 엄숙한 규칙이 있었던 것이다.

생일자들이 한 명씩 지나가면 밥을 떠주는 사람이 "생일 축하드려요", 곧이어 국을 떠주는 사람이 "생일 축하드려요", 또 반찬을 주는 사람이 "생일 축하드려요"라고 인사를 건넸다. 상대는 고개를 까딱하고는 조용히 자리로 가식사를 시작했다.

어느 순간에는 음식이 동났고, 배식 줄을 끊고 기다리는 사람들을 돌려보내야 했다. 먼저 나온 생일자 때문에 누군가는 밥을 먹지 못한 것이다. 그럼에도 그 모든 상황이 질서 정연하게 이루어졌다. 내가 본 가장 성스러운 식사 자리였다.

교도소에서 급하게 연락이 왔다. 나의 피고인이 곧 임종할 것 같으니 구속집행정지 신청을 해달라는 말이었다. 피고인은 노숙인이었고 식품을 훔쳤다. 노숙하면서 절도 전과가 꽤 쌓였기 때문에 이번에 훔친 음식들의 피해 금액이 크지 않았는데도 구속이 되었다.

거리 생활이란 배가 고플 때 음식을 먹을 수 있을지가

불확실한 상황의 연속이다. 그에게 매 끼니는 고달픔이었을 테다. 먹을 게 없고 또 음식을 살 돈도 없기 때문에 오히려 먹을 것에 대해서 더 많은 생각을 했으리라. 어떻게 음식을 구하고 또 무엇을 먹을 수 있을지에 대해서 말이다. 어쩌면 과거에 먹어보았거나 다른 사람이 먹고 있던 음식에 대한 갈망에 많은 시간을 할애했을지도 모른다.

그렇게 먹을 궁리를 하며 지내다가 먹을 것을 훔치고 구속된 그의 병명은 구강암이었다. 교도소에서 받은 건강검진에서 구강암이 발견되었고, 발견했을 당시에는 이미 4기였다. 그는 구강암이 4기까지 진행될 때까지 거리에서 어떻게 버텼을까. 구속되지 않았다면 어느 날 자신이 어떤 병에 걸린지도 모른 채 거리에서 마지막 잠을 잤을 수도 있다.

그에게는 가족이 없었다. 피고인은 급속도로 암이 악화되어 교도소에서 내게 전화할 당시에는 음식을 거의 먹지 못하는 상태였다. 교도소에서는 암 투병 수용자를 간병할 별도의 인력이 없어서 피고인의 수용에 어려움이 있는 것 같았다. 그렇다고 가족도 없고 음식도 먹지 못하는 피고인을 보낼 수 있는 곳은 마땅치 않았다.

　나는 다시 교도소에 전화를 해서 피고인의 구속집행을 정지하면 그가 갈 곳이 없어서 곤란하다고 했다. 교도소에서는 피고인이 기초생활수급자로 의료급여 혜택을 받을 수 있게 하고 간병받을 수 있는 요양병원으로 보낼 것이라고 했다.

　나는 피고인이 영양제도 공급받고 안락한 침대에 누워 있을 수 있는 요양병원이 나을 것 같아서 급히 구속집행정지 신청을 했다. 재판부에서는 신속하게 구속집행을 정지해 주었고, 피고인은 바로 요양병원으로 옮겨졌다.

　피고인의 항소심 재판 기일은 변경이 없었다. 나는 피고인과 상담 후 항소이유서를 작성해야 했다. 그를 만나러 가려고 미리 병원에 연락하니 코로나19 때문에 피고인을 만날 수 없다고 했다. 어쩔 수 없이 피고인을 보지 못한 상태에서 피고인의 선처를 바라는 항소이유서를 작성해 제출하고 재판 날을 기다리고 있었다.

　재판이 열리기 며칠 전 재판은 취소되었다. 피고인이 사

사회의 안전망을 짜는 이유

망했기 때문이다. 나는 그가 먹은 마지막 음식은 무엇이었을지 계속 생각했다. 그사이에 기온은 뚝 떨어지고 날씨는 추워졌다. 낮이 짧아지고 길어진 저녁 속에 찬 바람이 가득한 한 해의 끝에 다다를수록 나는 그와 같은 처지의 노숙인들을 떠올린다.

쓰레기 봉지가 쌓인 곳 옆에서 웅크리고 앉아 있는 노숙자를 본 적이 있다. 쓰레기 봉지들과 이질감이 느껴지지 않을 정도로 지저분한 모습이었다. 그는 내가 그의 주변을 지나 지하철 역사 안으로 내려갈 때까지 움직임 없이 한곳만 응시하고 있었다.

노숙자가 되기까지 분명 그들에게도 격하게 몸부림치고 발버둥치던 날들이 있었을 것이다. 더 이상 방값을 내지 못해 길거리에 나오게 된 사람도 있을 것이고, 사업 실패와 배우자 상실, 실업, 가정 해체, 극빈한 경제 사정 때문에 거리에 나앉은 사람도 있을 것이다. 돌봄이 없는 지적장애인이나 정신 질환자, 마음이 아픈 사람도 있을 것이다.

노숙하는 처지에서 벗어나고 싶더라도, 노숙자로 살다

보면 정신적으로나 육체적으로 일하기 어려운 건강 상태가 되는 경우도 많다. 어떤 사람들은 노숙자들을 보고 사지가 멀쩡한데 일을 하지 않는다고 비난하기도 한다. 실제로 민폐를 끼치고 다른 사람에게 피해를 주는 노숙자도 있지만 다수의 노숙자들은 도시의 유령처럼 살아가고 있다. 그 유령들이 당면하는 문제는 늘 비슷하다. 밥과 추위 혹은 더위다.

국선전담변호사가 되기 전, 누군가의 사선변호인일 때는 수임료를 지불할 능력이 되는 사람들만 만나다 보니 노숙인을 변호할 일이 없었다. 국선전담변호사가 되고부터는 노숙인인 피고인을 종종 만난다. 특히, 날씨가 추워지고 겨울이 다가오면 추위를 견디지 못해 무전취식이나 절도를 해서라도 구치소로 들어가려고 시도하는 노숙인이 많다. 그리고 한겨울이 되면 무전취식 사기 사건이나 노숙인의 절도 사건 비율은 저절로 높아진다.

한여름에도 두꺼운 옷을 껴입고 거리에 누워 있거나 이불과 겨울옷이 든 거대한 짐을 들고 다니는 노숙인을 종종 볼 수 있다. 사선변호인일 때는 그들을 보고도 무감했다.

사회의 안전망을 짜는 이유

노숙인이었던 피고인을 구치소에서 만나는 일을 거듭하는
국선변호인으로서 나는 이제 안다. 땡볕에 두꺼운 겉옷과
이불을 안고 이동하는 노숙인에게는 다가오는 겨울을 자
기 힘으로 견뎌보겠다는 의지가 있다는 것을.

자기 자신을 위하는 마음

공무집행방해죄로 구속된 피고인 김성권을 접견했다. 그는 잘못을 인정하고 반성하고 있었다. 그에게 다른 폭력 전과는 없었다. 청소년 시절 소년보호처분 전력도 없었다. 그에게 있는 유일한 전과는 무전취식이었다.

이 사건도 알코올 중독 치료를 위해 들어간 병원에서 알게 된 다른 알코올 중독자와 퇴원 후 술을 마시다가 말다툼을 하면서 생긴 일이었다.

내가 물었다.

"술을 왜 매일 마시는 거예요?"

그는 내 눈을 똑바로 쳐다보지 않고 접견 내내 눈을 깔고 무기력하게 말했다.

"부모님이 앞을 못 보시거든요……. 부모님은 태어날 때부터 앞을 못 보셨어요. 어머니는 안마를 할 수 있어서 호텔에서 안마 일을 했지만 아버지는 동냥을 했어요."

그가 들려준 답은 안타까웠지만 그게 그가 매일 술 마시는 것과 무슨 상관이 있나 하는 생각이 들었다. 구걸이 아니라 동냥이라는 표현도 생소하게 느껴졌다.

"그런데 아버지가 동냥하는 장소, 그 육교까지를 혼자서 못 가시는 거예요. 그래서 늘 제가 아버지 동냥하는 곳까지 모시고 가서 함께 앉아 있다가 다시 모시고 집으로 돌아왔어요. 늘 그러고 살다 보니 위축되고 힘도 없고 우울하고 그랬던 것 같아요. 집에는 반찬이 없었어요. 부모님이 불 쓰는 요리를 하시기가 어려우니까 늘 간장하고 김 같은 걸로 밥을 먹었어요. 동냥으로 돈을 벌다 보니 추우면 추운 대로 힘들고 더우면 더운 대로 힘들고, 돈이 안 벌어지기도 하고. 그냥 다 힘들었어요."

김성권은 어린 시절부터 부모의 보호자가 되어야 했다. 학교도 제대로 다니지 못했다. 아버지가 동냥한 돈을 세는 일도, 동냥한 돈이 쌓이면 얼른 치워서 다시 빈 통으로 만드는 일도 김성권의 몫이었다. 다혈질인 아버지는 화가 나면 아들을 때렸다. 앞이 보이지 않는 아버지는 팔다리를 마구 휘둘렀다. 어디를 때려야 치명상을 입히지 않고 때릴 수 있는지 아버지는 알 수 없었다. 그래서 김성권은 아버지가 화를 내는 상황이 늘 위험하게 느껴졌다.

어릴 때부터 소심하고 내성적이었던 김성권은 아버지의 동냥을 따라다니는 게 너무 힘들었다고 말했다.

"아버지 눈에는 사람들이 보이지 않지만 제 눈엔 보이거든요……."

그가 느꼈을 무기력함이 그대로 나에게 전해졌다.

김성권은 배움이 짧았고 가난했다. 친구가 없었던 그는 어른이 되어 술을 알고 나서는 길고 긴 날을 매일같이 술을 친구 삼아 지냈다.

증거가 명백하고 피고인 김성권이 잘못을 인정했기 때문에 내가 그를 편하게 할 수 있는 결정적인 역할은 제한되었다. 그래도 나는 내 또래인 김성권에게 형식적으로라도 위안을 주고 싶었다.

"제가 형을 적게 받을 수 있도록 노력할게요."

다른 피고인들은 이렇게 말하면 좋아하는데 그는 여전히 무기력했다. 힘없이 앉아 있던 그가 혼잣말을 했다.

"여기서 언제 나가는지가 문제가 아니라…… 나가면 이제 어떻게 살아야 할지, 그게 막막합니다."

김성권의 목소리에서 그 역시 지금의 상태에서 벗어나고 싶어 하고, 이런 인생을 살고 싶어 하지 않는다는 마음이 묻어났다.

접견을 마치고 돌아오는 길에 오래전의 기억이 떠올랐다. 20여 년 전 기차를 탔을 때의 일이다. 내 좌석의 대각선으로 중년 남성과 초등학교 3학년 정도로 보이는 남자아이가 앉아 있었다. 아버지로 보이는 남자는 아이에게 도시락을 사라고 말했다. 당시에는 기차 통로로 도시락과 음료, 간식을 실은 카트가 지나다녔다. 카트가 그들을 지날 무렵 아이는 도시락을 하나 샀다. 그리고 남자에게 건네주었다. 김밥 도시락이었다.

아버지는 도시락 뚜껑을 열더니 젓가락이 아닌 손으로 집어 먹기 시작했다. 아이에게는 먹어보라는 말도 하지 않았고, 김밥을 건네주지도 않았다. 아이는 그저 아버지가 먹는 모습을 계속 지켜보고 있었다. 나는 곧 그 중년 남성이 앞을 볼 수 없는 사람이라는 사실을 알 수 있었다.

아이는 손으로 김밥을 허겁지겁 집어 먹는 아버지의 모습을 쳐다보는 다른 승객의 눈치를 살폈다. 그런 아이의 처지를, 그리고 아이의 배고픔을 아는지 모르는지 아버지는 먹는 일에 열중할 뿐이었다.

김성권의 사건을 담당하고 있을 당시 나는 아들이 잠든 후 맥주 한 캔을 마시며 드라마를 보는 습관을 끊고자 노력하고 있었다. 저녁에 홀로 술 한잔하는 날이 계속되던 때였다. 맥주를 마시며 재미있는 예능 프로그램을 보며 웃기도 하고, 육아 상담 프로그램을 보며 반성하면서 울기도 하고, 책을 보기도 했다. 그 시간은 내가 나와 함께 노는 시간이었고, 어떤 때는 힘든 하루에 대한 보상이기도 했다.

그런 날이 늘어갈수록 어떤 날은 그냥 자고 싶은데도 맥주를 마시지 않으면 숙제를 하지 않고 자는 느낌과 하루 일과를 제대로 끝내지 못하는 느낌마저 들었다. 심각성을 깨달은 나는 저녁 음주 습관을 끊어내기 위해 노력했다. 종이에 '참고 견디고 인내하는 절제의 미덕'이라고 써서 집 벽에 붙여놓으며 다짐했다. 그러나 이내 '미덕'이라는 단어 중간에 체크 표시를 하고 '더'를 써넣어 참고 견디고 인내하는 절제의 '미더덕'으로 고친 뒤 맥주를 입에 털어 넣었다.

나는 김성권에게 나의 금주 도전기와 실패담을 들려주었고 그도 나에게 고백했다. 알코올 중독 치료를 위한 1년간의 병원 생활이 끝나고 퇴원하는 바로 그날 술에 입을 댔다고 말이다.

"김성권 씨가 자신이 술을 끊지 못할 거라고 생각하는 것처럼 저도 제가 저녁에 금주하지 못할 거라고 생각할 때면 무기력해져요. 그렇지만 계속 이렇게 살 수는 없잖아요.”

나지막한 나의 목소리에 그가 힘없이 고개를 끄덕였다.

“김성권 씨는 구속되어 있으니 자동적으로 금주할 것이고, 저는 김성권 씨 재판 날까지 술을 안 마실게요. 하루하루 김성권 씨를 위해 기도하는 마음으로 참아볼게요. 그리고 술을 마셨는지 안 마셨는지 편지 쓸게요. 제가 참은 하루는 김성권 씨 밖에 나가면 100일로 칩시다?”

김성권은 여전히 무기력했지만 옅은 미소를 보였다. 내가 손을 들고 “파이팅”이라고 하자 그 역시 쑥스럽게 손을 들고 “파이팅”이라고 답했다.

그날부터 매일 재판 날까지 김성권에게 인터넷 서신을 보냈다. 피고인에게 서신을 전달하는 교도관이 그 서신을 보았다면, 변호인이 보내는 서신이 맞는지 의문이 들었을 것이다. 그 편지의 첫 문장은 늘 이렇게 시작했다.

“김성권 씨, 저는 어제도 마시지 않았습니다.”

편지는 매일 이어졌다. 그리고 어느새 재판 전날 마지막 편지를 쓰게 되었다.

"자기 자신을 위하는 마음으로 살다 보면, 어느 날에는 내가 자신의 보호자가 되어가고 있음을 느낄 수 있을 거예요. 세상이 지켜주지 못하고 가족이 힘이 되지 못하더라도 적어도 나는 나를 지켜줄 수 있어야 합니다. 번데기에서 나비가 나오듯 수감되어 있는 동안 김성권 씨의 의지와 마음이 자랄 수 있기를 기도합니다."

그는 나에게 한 번도 답장을 한 적이 없었다. 재판부에 반성문도 내지 않았다. 아마 노숙 상태에서 구속되어 우표나 종이를 살 돈이 없었을 것이다.

재판 당일, 판사는 기록에 나타난 김성권의 사정을 보고는 어린 시절 고생이 많았다며, 자기 인생에 자부심을 가져도 된다고 말했다. 이제는 술 마시지 말고 열심히 일하면서 건강도 챙기라는 덕담도 건넸다.

김성권은 다음과 같이 최후진술을 했다.

"제가 술을 마시지 않을 이유가 없다고 생각했는데 처음으로 제가 술을 마시지 않으면 좋겠다고 생각해 보았습니다."

나는 법정에서 김성권과 한마디도 나누지 못했지만, 그가 재판이 끝나고 구속 피고인 대기실로 들어가면서 나에게 한 목례에서 그동안의 편지에 대한 답장을 받은 것 같았다.

　김성권은 집행유예를 받아 석방되었다. 출소한 당일에 그는 술을 마셨을까. 그랬을 수도 있겠다. 그래도 그에게 자신을 위하는 마음이 생겨 드문드문 금주를 다짐하고 작심삼일을 반복할 수 있다면 좋겠다.

법정에서 울다

내가 구치소로 접견을 갈 때마다 우는 피고인이 있었다. 그와 오랜 시간 마주 앉아 있어도 그와 말하는 일은 드물었다. 피고인이 끊임없이 울고 말을 잇지 못해서이기도 하고, 무기력해서이기도 하다. 그의 절망이 온몸으로 느껴졌다.

피고인은 평범한 가장이었다. 부모님 없이 누나와 함께 자랐고, 고등학교를 졸업한 다음에는 곧바로 일을 하기 시작했다. 그는 외국인 여성과 결혼해 두 아이를 낳고 살고 있었다. 그 여성에게는 전 남편과의 사이에서 낳은 아이도 있었는데, 그는 외국에 남아 있는 아이를 위해 생활비와 학비를 꾸준히 보내주었다.

한국말을 잘하지 못했고 주변에 고향 친구도 없었던 피고인의 아내는 외로움으로 우울증을 겪었다. 그는 아내를 위해 다문화 가정이 많은 동네로 이사를 하면서 기존의 일을 그만둘 수밖에 없었다. 이내 새로운 일자리를 구했으나 팬데믹의 영향을 받아 또다시 잃었다.

일용직도 하고 고된 일도 마다하지 않으며 가족을 부양하던 그는 한 아르바이트 광고를 보게 된다. '고수익 알바'라는 단어가 눈에 띄었을 것이다. 비대면 면접을 보았고 주민등록등본과 가족관계증명서를 제출하는 것으로 그는 일사천리로 새로운 일자리를 얻었다.

피고인은 보이스피싱 아르바이트에 대해 징역형을 선고받은 다음 항소를 했다. 피고인은 무죄 주장이 아니라 추가로 피해 회복을 하고 피해자와 합의하기 위해 항소한 것이었고, 나는 그의 항소심 국선변호인이었다.

피고인에게 어머니 같은 누나는 피고인보다 더 가난하면서도 가내수공업 같은 부업을 해서 피해자 여러 명과 합의를 이루었다.

"어려운 사람 형편은 어려운 사람이 더 잘 알지요. 동생이 처벌받는 게 끝나도 이 돈은 꼭 다 갚을 겁니다."

재판에는 늘 피고인의 누나와 아내, 다섯 살 아들이 함께 나왔다. 그들은 아무 말 없이 조용히 재판을 지켜보고 법정을 떠나곤 했는데, 나는 매번 그 아들이 미동도 없이 법정에 얌전히 앉아 있는 모습이 기특했다.

피고인에 대한 마지막 재판 날이었다. 검사의 구형과 내 변론이 끝나고, 피고인이 피해자들과 가족을 고통에 빠트려 죄송하다는 참회의 최후진술을 마쳤다. 선고 기일을 지정하고 재판은 끝났다. 교도관들이 피고인을 데리고 나가려는 순간 방청석에 앉아 있던 피고인의 누나가 머뭇거리며 일어났다.

"판사님, 부탁 하나만 드려도 되겠습니까."

"말씀해 보세요."

"피고인의 아들이 아빠 손을 한 번만 잡아보게 해주세요……."

누나는 울음이 쏟아지는 입을 손으로 틀어막았다.

법정에는 정적이 흘렀다. 교도관은 "방역 때문에 안 됩니다"라며 피고인을 막아섰다. 법정에 다른 방청객은 없었다. 피고인의 아들은 혹시나 아빠 손을 잡을 수 있을지 모른다는 기대감이 들었는지 방청석과 재판정을 가로막은 문 앞으로 다가섰다. 아이의 눈동자가 별처럼 반짝였다. 그 반짝임으로 빛나는 바람은 이루어질 것 같지 않아서 나는 아이에게서 눈을 뗐다.

서류를 보고 있는데 판사가 "아이가 몇 살이지요?"라고 물었다.

"다섯 살입니다."

그 대답에 판사는 한참을 가만히 있다가 입을 열었다.

"경위, 손소독제 가져오세요."

법정 경위가 손소독제를 가져와 아이 옆에 서자 판사가 아이를 향해 부드러운 목소리로 말했다.

"손."

아이가 손을 내밀자 경위가 손소독제를 짜주었고, 이어 피고인의 손바닥에도 같은 액체가 놓였다. 피고인과 아이를 가로막는 방청석과 재판정 사이의 문이 조금 열리고 그 사이로 아이가 발을 내딛었다. 교도관이 안 된다는 제스처를 취하자 판사가 "아이인데⋯⋯"라고 말했다.

아마 피고인이 성인 가족의 손을 잡으려 했다거나 방청객이 여럿 있었더라면 허락하지 않을 일이었다. 하지만 판사는 다섯 살이라는 나이와는 어울리지 않게 매번 법정에서 조용히 앉아 있던 아이의 모습, 아빠 없이 몇 년을 자라야 하는 아이의 사정을 고려했을 테다.

피고인이 한쪽 무릎을 꿇고 아이와 눈을 맞췄다. 그리고 아이 손을 잡고 나직하게 말했다.

"아빠가 없는 동안 엄마 말씀 잘 들어야 해⋯⋯."

피고인은 아이와 짧은 눈 맞춤을 하고 잠시 손을 잡은 다음 바로 일어섰다. 교도관이 양쪽에서 피고인을 잡고 교도소로 향하는 문으로 데리고 나갔다. 피고인은 뒤돌아보지 않았고, 아이는 교도관과 함께 나가는 아빠의 모습을 물끄러미 쳐다볼 뿐이었다.

어떤 지나친 몸짓도 없었고, 윙크하듯 짧은 만남이었다. 아이 옆에 서 있던 피고인의 아내와 누나는 소리 없이 흐느꼈다. 나 역시 울컥해서 법정에 있다는 사실도 잊은 채 넋 놓고 있었다. 정신을 차리고 눈을 끔뻑이면서 눈물이 나지 않도록 노력했지만 소용없었다.

손잡고 눈을 맞추었을 뿐이고 찰나와 같이 짧은 순간이었다. 하지만 이 순간 덕분에 아이는 몇 년 동안 아빠를 보지 못할지라도 아빠가 자신을 버렸다고 생각하지는 않을 것이다. 사계절이 몇 번 돌고 키가 크고 학교에 입학하는 동안 아빠가 집에 돌아오지 않더라도 아빠가 손을 잡고 자신을 바라보았던 모습을 잊지 않으리라. 미안함과 슬픔이 담겨 있는 아빠의 눈빛은 아이 마음속에서 함께 자랄 것이다.

그리고 피고인은 다섯 살짜리 아들의 손을 수의를 입고 잡아야 했던 날을 평생 잊지 못할 것이다.

사회의 안전망을 짜는 이유

홀로 설 준비가 되지 않은 아이들

　만 18세가 되면 보육 시설을 나와 자립하는 청소년을 '보호종료아동'이라 부른다. 아동복지법상 양육 시설이나 위탁 가정, 공동생활가정(그룹홈)의 보호를 받는 이들은 만 18세가 되면 보호시설을 떠나야 한다. 그런데 민법상 성년은 만 19세다. 즉, 보호종료아동은 성인이 되기 전에 자립을 해야 하는 상황을 맞이하는 것이다.

　한때 보호종료아동이었고 어느덧 중년이 된 피고인들을

변론한 적이 있다. 어린아이 시절부터 보육원에서 자라서 자신이 어떤 경위로 보육원에 오게 되었는지 알지 못하는 사람도 있었고, 가족이 기차역에서 기다리라고 하고는 버리고 떠난 일을 똑똑히 기억하는 사람도 있었다. 그 사람들의 등록기준지는 모두 보육원 주소지였다.

최근에는 보호종료아동이었던 20대를 여러 명 변호했다. 부모가 존재하지만 가정 형편 때문에 보육원에 맡겨져 자란 사람도 있었고, 아예 부모님의 존재를 모르는 사람도 있었다.

어른 없이 미성년자가 할 수 있는 일은 많지 않다. 휴대폰 개통을 비롯해 여러 법률행위와 계약에 어른의 도움이 필요하다. 도움을 줄 어른이 없을 경우에는 사회적으로 많은 어려움을 겪게 된다. 그래서 사소한 일로도 품행이 나쁜 어른에게 기대는 경우도 있고, 비행이나 범행에 연루된 사람의 도움을 받다가 잘못된 길로 빠지는 경우도 더러 있다.

갓 성년이 된 한 여성 피고인은 초등학생 때 보육 시설에 맡겨졌다. 가끔 아버지가 보육원에 피고인을 만나러 오기도 했기 때문에 피고인은 자립하게 되면 아버지를 좀 더 자주 만날 수 있을 것이라고 기대했다. 이제는 아버지가 키워도 되지 않을 만큼 성장했기 때문에 아버지가 양육의 부담을 덜게 되므로 어쩌면 돈독한 부녀간의 정을 나눌 수 있을 것이라고 기대했을지도 모른다.

그러나 피고인이 보호 종료될 무렵 아버지와의 연락은 끊겼다. 그녀는 자신이 같이 살자고 할까 봐 아버지가 두려웠거나 부담스러워서 연락을 끊었을지도 모른다고 생각했다. 피고인은 다른 보호종료아동처럼 미성년이었지만 직접 발품을 팔아 월세 계약을 하고, 주민센터에서 확정일자를 받고, 조리 도구와 가전을 구입하고 휴대폰을 개통하는 등 많은 일을 스스로 해야 했다.

당시 지방자치단체에서 주는 자립정착금 5백만 원은 보증금과 초기 생활비로 금방 동이 났고, 피고인은 아버지의 소식을 모른 채 아르바이트를 하며 홀로 지냈다. 그러다가 범죄에 연루되어 구속되었다. 피고인은 청소년기 소년보호처분 전력이 없었고, 자립 후 열심히 교육받아 여러 자격증도 취득한 사람이었다.

나는 그녀의 항소심 변호를 맡게 되었다. 기록을 보니 1심에 피고인 아버지가 제출한 탄원서가 있었다. 20대 초반이었던 피고인의 아버지는 40대 초반이었다. 일찍 아이를 가지게 되었으나 아이 엄마는 떠나고 홀로 여자아이를 7년간 키우던 아버지의 고단한 청춘이 탄원서에 나타나 있었다.

아이를 잠시만 보육원에 맡기고 다시 데리고 가려고 열심히 일했지만 하는 일마다 잘 풀리지 않아서 고시원을 전전하면서 살았고, 딸아이가 보육원에서 나오면 함께 살려고 했으나 타인에게 빌려준 자신의 명의가 불법적인 사업에 관여되어 구속되었다는 내용이었다.

아버지는 차마 아이에게 사실을 알리지 못했다. 아이가 보육원에서 나올 무렵 그는 복역 중이었고, 그가 출소했을 때는 아이가 구속되어 있었다. 아버지는 이 모든 일이 부모로서 책임을 다하지 못한 자신의 잘못이며, 아이가 죗값을 치르고 출소하면 둘이 함께 반듯하게 열심히 살아보겠다고 다짐했다.

피고인은 범죄를 자백하고 인정했고 사건 변론에 대해서 특별히 바라는 게 없었다. 나에게 딱 하나 부탁한 일은 1심에서 아버지가 제출한 탄원서를 보여달라는 것이었다. 탄원서의 내용을 아는 나는 몹시 당황했다. 피고인은 여전히 아버지가 그녀를 데리러 오지 못한 속사정을 알지 못했기 때문이다. 어느 날 면회를 온 아버지는 그동안 멀리서 힘든 일을 하느라 연락을 못 했다고 말했을 뿐이다.

오랜 고민 끝에 그다음 접견 때 피고인 아버지의 탄원서를 복사해서 들고 갔다. 피고인은 조용히 탄원서를 읽어갔다. 끝내는 눈물을 훔친 피고인이 말했다.

"변호사님, 이거 저 주시면 안 될까요."

나는 교도관에게 알리고 구치소 내부 절차에 따라 피고인에게 교부했다. 아버지의 탄원서를 접지 않고 소중하게 품에 안고 돌아가는 피고인의 작은 등을 보면서 알 수 있던 것은 피고인에게 필요했던 건 돈이 아니라 어른이라는 사실이었다.

몸과 마음의 관계

건강한 몸에 건강한 정신이 깃든다는 말이 있다. 그러나 그것은 우환이 없는 상태를 전제로 하는 것이다. 나의 피고인들이 재판을 받게 된 원인을 따져보면 체력이 부족해서 저지른 사건은 없다. 마음의 문제가 대부분이다. 화가 나서, 미워서, 우울해서, 흥분해서, 슬퍼서, 지나치게 기뻐서, 배신감이 들어서, 집착해서, 실망해서 등등이다.

술을 마시고 버스 기사와 다투고 욕설을 하며 분노를 표출한 피고인이 있었다. 그에게는 아무런 전과가 없었고 상담할 때 만난 그는 점잖은 사람이었다. 사건 당일, 그는 가정에 힘든 일이 있어서 매우 슬프고 화가 난 상태였다. 그를 향한 버스 기사의 핀잔은 이미 물이 가득 찬 컵에 물 한 방울을 떨어뜨려 물이 넘치게 하는 일이었을 것이다.

그의 직업은 교사였다. 문득 무슨 과목을 가르치는지 궁금해서 물었다. 그가 한참을 머뭇거리다가 말했다.

"국민윤리요."

어떤 피고인은 정신적으로 너무 힘들어서 헛것이 보이고 잠을 자지 못한다고 했다. 그는 구속된 이후 심각한 우울증과 수면 장애를 겪고 있었다. 피고인은 구치소 의무실에서 약을 타서 먹는다고 했다. 내가 접견 갈 때마다 그는 흐느꼈다. 멘털이 완전히 붕괴된 그는 스포츠 선수들의 멘털 관리를 해주는 멘털 코치였다.

직업이 트레이너이고 온몸이 근육으로 탄탄했던 한 피고인은 마음이 너무 힘들어서 도저히 운동을 할 수 없다고 했다. 재판이 거듭될수록 그의 몸은 인간적으로 변해갔다.

한 공무집행방해죄 피고인은 접견 갈 때마다 수염도 깎지 않고 단정하지 않은 모습이었다. 우울증이 있다고 했다. 그는 나에게 우울증 진단서와 기타 지병에 관한 진단서 여러 장을 주면서 재판부에 제출해 판사에게 선처를 호소해 달라고 했다. 그리고 피고인은 내게 자신의 자격증이라며 서류 한 장을 더 주었다. 자신이 일도 안 하고 술이나 마시면서 행패나 부리는 사람이 아니라는 것이었다(일을 하면서 술을 마시고 행패를 부려 기소된 피고인이었다).

그의 자격증명은 '웃음치료사'였다. 한눈에 보기에도 우울해 보이는 그가 '웃음치료사'라는 직업을 가지고 일해왔다는 사실이 신기했다. 나는 그에게 우울한데 어떻게 웃음치료사 일을 할 수 있는지 물었다.

"뇌는 기뻐서 웃든 억지로 웃든 똑같이 웃는 것으로 받아들이거든요. 억지로 웃어도 엔도르핀이 분비되고 좋은 호르몬이 나와요."

"그럼 선생님께서는 어떤 상황에서도 웃을 수 있다는 건가요?"

내 말을 듣자마자 피고인이 박수를 치며 웃었다. 좋아

죽겠다는 듯이 손을 쥐어짜며 웃었다. 단순히 공중에 흩어지는 웃음이 아니라 심연에서 올라오는 진한 웃음이었다. 그 모습을 보고 있자니 나도 모르게 웃음이 나와서 따라 웃었다.

구치소 접견실에서는 구속된 사람들이 저마다 자신의 변호인과 접견하고 있었다. 조용하고 심각한 분위기에서 웃고 있는 사람은 우리 두 사람밖에 없었다. 그는 매일 웃음 치료를 한다고 했다. 웃을 일이 없어도 신나 죽을 듯이 웃는 시간을 꼭 가진다는 것이었다. 그에게 같은 방 수용 자들에게도 웃음 치료 방법을 알려주냐고 물으니 그는 고개를 가로저으며 "걔들은 교정이 안 돼요"라고 답했다.

'교정'을 말하는 그 피고인에게는 같은 전과가 여럿 있었다. 접견이 끝나고 웃음을 멈춘 그는 다시 우울한 상태로 접견실을 빠져나갔다.

아버지의 장례를 마친 후 나는 좀 멍하게 지냈다. 살고 싶어 하던 아버지의 마지막 모습이 떠오를 때마다 슬펐고, 건강이 급속도로 안 좋아지고 있는 어머니도 걱정되었다.

그러나 내게 어떤 일이 생기든, 내 마음이 어떻든 세상은 돌아가고 범죄는 일어났으며 나의 일도 여전했다.

어느 날 내가 한 업무 실수를 발견했다. 나중에 바로잡기는 했지만 나는 내가 그런 실수를 했다는 사실에 놀랐다. 이렇게 무기력하고 멍한 상태로 있다가는 다른 사람에게 피해를 주겠다 싶었다. 고민 끝에 정신과에 가서 집중력을 높일 수 있는 약을 달라고 했다. 의사는 정말 집중력에 장애가 있는지 검사를 받은 다음 정확한 진단에 따라 약을 처방할 수 있다고 말했다.

나는 집중력 검사를 받아야 한다는 사실에 실망했다. 검사를 통과하지 못할 거라고 생각했기 때문이다. 검사라는 것은 일종의 시험과 같아서 막상 검사지를 마주하면 시험을 치듯 엄청나게 집중하게 될 것 같았다. 집중력 장애를 증명하기 위해 검사에 집중해야 한다는 아이러니에 좌절했다.

실제 검사는 생각했던 것과 달랐다. 두더지 게임 수준의 검사였는데 눈동자가 뱅뱅 돌았다. 검사 결과는 '주의력 결핍 과다행동 장애, 즉 ADHD 의심'이었다. 의사는 검사 결과에 흡족해하며 치료 의지를 보였다. 나는 이날 떳떳하게 집중력 약을 탔고, 한동안은 약을 복용하며 업무 실수를 하지 않기 위해 노력했다.

사건의 수사 기록을 살피다 보면 수사관이 피고인에게 "그런 생각을 못 했다는게 상식적으로 말이 되나요"라고 질문한 내용이 종종 나온다. 그 질문에서 멈칫할 때가 있었다. 나 역시 수사관처럼 의아함을 완전히 배제하지 못했기 때문이다. 내가 우울하고 슬퍼보니 알겠다. 그런 상황에서 집중력은 발휘되기 어려웠다. 슬프거나 힘든 상황은 지능을 제대로 사용하지 못하게 한다.

이후 약을 먹으면서 일상을 점차 회복하고 있었다. 날씨도 좋고, 몸과 마음에 여유가 조금씩 깃드는 날들이었다. 어느 날에는 도서관에서 평화롭게 책을 읽기도 했다. 오랜만에 한적한 도서관에 앉아 있으니 따뜻하고 포근한 마음이 들었다. 그렇게 좋은 기분으로 책을 읽고 있는데 갑자기 가슴에 강한 압박감을 느꼈다. 그러다가 점점 심장이 조여왔다. 이 느낌이 목과 머리, 폐와 팔로 확산되는 듯했다. 어느 순간에는 바닥에 누워야 할 것만 같았는데, 나는 그 긴박한 순간에도 누가 나에게 심폐소생술을 해줄 수 있을지 주변을 살폈다.

한쪽 손으로 가슴을 부여잡고, 힘겹게 남편에게 연락을 했다. 남편과 함께 곧바로 가까운 병원에 가니 협심증 같다면서 큰 병원으로 가라고 했다. 대형 병원 응급실에서는 협심증 증상이라며 혀 밑에 넣고 녹이는 약을 처방해 주었다.

이틀 뒤 심혈관내과에 방문해 심전도와 혈액검사 등 여러 가지 검사를 받았다. 심장과 혈관에는 아무 이상이 없었다. 심지어 아주 깨끗했다. 혈압도 정상이었다. 그때서야 깨달았다. 가슴 아픈 일이 자꾸 생기면 진짜 가슴이 아프게 될 수도 있다는 것을 말이다.

구치소 안팎에서 만난 빈곤한 피고인들 대부분이 질병을 가지고 있었다. 그중 당뇨와 고혈압, 심혈관계 질환과 우울증은 기본이라 할 정도로 많았다. 비용이 많이 들어서 치과를 치료받지 못했는지 이가 없거나 치아 관련 질환을 앓는 사람도 꽤 많았다.

조현병이 있는 피고인도 종종 만난다. 사선변호인일 때는 한 번도 만난 적 없었던 사람들이다. 텔레비전이나 영화에서만 보던 조현병 환자를 나는 어째서 이렇게 가까이서 자주 만나게 되는지 생각한 적이 있다. 이제는 그 이유를 알 것 같다. 마음이 아프면 몸이 아프고, 몸이 아프면 마음이 더 아프고, 마음이 더 아프면 몸도 더 아프다.

형벌을 감당할 수 있는 그릇

지금까지 변론했던 사건 가운데 가장 기억에 남는 사건은 전자금융거래법위반 사건이다. 이 사건은 나에게 지울 수 없는 무기력함을 남겨주었다. 내 피고인은 아무런 전과가 없는 노인이었다. 가족과 단절되어 고시원에서 인생의 마지막을 정리하고 있던 그에게 10년 넘게 연락이 없던 딸이 전화를 했다. 시집을 가야 하는데 돈이 없으니 혼수값으로 3백만 원만 보태달라는 용건이었다.

딸에게 평생 아무것도 해준 게 없어서 죄책감에 시달렸던 피고인은 대출을 알아보느라 여기저기 개인정보를 남기게 되었다. 그리고 너무 유명해져 버린 김미영 팀장을 대체하는 황 팀장의 전화를 받고 소액 대출을 받을 수 있는 방법을 안내받았다.

황 팀장은 피고인에게 자격이 되니 대출은 확실하지만 피고인이 사금융이나 고리대금 신고를 할까 봐 우려되니 담보조로 체크카드를 달라고 요청했다. 상환이 끝나면 돌려준다는 말을 듣고 피고인은 체크카드를 황 팀장에게 보냈다. 단돈 300만 원이지만 딸에게 가전 하나는 번듯하게 해줄 수 있지 않을까 하고 두근거리는 마음과 함께 말이다.

그러나 피고인의 체크카드와 통장은 보이스피싱 피해금을 입금받는 용도로 사용되었다. 당연히 대출은 받지 못했고 황 팀장과는 연락이 두절되었다. 보이스피싱 피해가 신고되면서 그는 전자금융거래법위반죄로 재판받게 되었다. 딸에게 혼수를 해주지도 못했는데 그에게 벌금형이 선고되었다. 벌금은 300만 원이었다.

나는 피고인의 항소심을 맡았다. 그가 항소를 한 이유는 하나였다. 형을 올려 집행유예로 만들어달라는 것이었다. 나는 벌금보다 징역형의 집행유예가 더 엄한 형벌이기 때문에 피고인만 항소한 사건에서 그렇게 변론할 수 없다고 말했다(당시에는 벌금형의 집행유예가 가능하지 않았다).

피고인은 벌금형보다 더 센 징역형을 감당할 수 있다고 말했다. 징역살이를 때울 몸과 시간은 있지만 돈은 없다는 것이었다. 그는 도저히 돈을 마련할 길이 없어서 벌금형을 감당할 수 없다고 말했다. 나는 형벌을 감당할 수 있는 그릇이 사람마다 다르다는 것을 그때 실감했다.

재판 당일, 피고인은 예의를 갖춘다고 잘 닦은 검정 구두에 마치 정장 차림처럼 검은색 등산복 바지와 검은색 상의를 입고 나타났다. 그 모습을 보니 나의 간절함은 더욱 커졌다. 본인의 질병 치료에 도움이 되는 음식이 아니라, 매달 들어오는 노령연금에 맞춰 눈앞의 음식을 먹어야 하는 그에게 징역보다 가혹한 300만 원의 벌금이 그대로 유지된다면 그가 더 이상 생존할 수 없을 것 같았다.

나의 바람과는 달리 얄궂게도, 항소심에서 그는 여전히

벌금 300만 원을 선고받았다. 벌금을 내지 못하면 지명 수배되어 결국 노역장에 유치될 것이고 그러면 그동안은 징역살이나 마찬가지다. 그는 몸으로 때우는 것은 가능하다고 했지만, 징역살이를 때우기에는 그의 건강이 너무 안좋았다. 돈을 빌리러 가는 것은 자유를 팔러 가는 것이라는 말이 있지만 그는 돈을 빌리지도 못하고 자유를 팔게 생겼다.

그의 사건 이후, 벌금이 얼마가 나와도 좋으니 제발 구속만 되지 않게 해달라던 피고인, 회사나 공직 신분에 문제가 생길 수 있으니 집행유예도 안 되고 오로지 벌금으로 막아야 한다고 했던 피고인을 볼 때면 늘 그의 낡았지만 단정하게 닦여 있던 검정 구두가 생각났다. 벌금은 누군가에게는 에피소드가 되고 누군가에게는 형벌이 된다.

연아는 어린 시절부터 뇌전증이 있어서 발작을 일으킬 때가 많았다. 지능도 높지 않고 학교 수업을 따라가지 못해서 특수 학급에서 수업을 듣기도 했다. 게다가 희귀병에 걸려서 늘 약을 먹고 정기적으로 병원에 다녔다. 또래에게

놀림을 받으며 외로운 학창 시절을 보낸 연아는 이제 막 스무 살이 되었다.

연아네 집은 가난했고 아버지는 장애를 가지고 있었다. 부모님 모두 건강이 좋지 않아서 일을 못 하는데도 연아의 병원비는 계속 나갔다. 연아는 성인이 되었으니 아르바이트라도 해서 부모님에게 도움이 되어야겠다고 생각했다. 그리고 학력과 나이를 보지 않는다는 채권 추심 아르바이트를 구했다.

연아는 첫날부터 열심히 일했다. 회사에서 알려주는 채무자를 만나서 현금을 받아 회사에서 지정한 계좌로 송금했다. 그리고 아르바이트비를 받기 직전 마지막 채무자를 만났을 때 연아는 경찰에 체포되었다. 어느새 연아는 보이스피싱 조직의 공범이 되어 있었고, 수천만 원을 편취한 사기범이 되어 있었다. 연아는 그렇게 나에게 왔다.

처음 상담하던 날 연아는 웅얼거릴 뿐 말을 제대로 하지 못했다. 얼마 전 뇌전증 발작으로 무의식중에 혀를 물어서 혀가 반이나 절단되었다는 것이다. 상담은 연아의 부모님이 통역하듯 연아의 대답을 알려주는 식으로 진행되었다. 그들은 너무 가난해서 합의금을 마련할 수 없고 보이스피싱 조직이 가져간 피해자들의 돈도 대신 갚아줄 수 없다고 했다.

연아 부모님은 재판과 구속에 대한 두려움으로 매일 불안에 떨고 정신적으로 힘들어서 차라리 하루라도 빨리 구속되어 이 불안정한 상태에서 벗어나고 싶다고 했다. 가정형편을 알고 있는 연아 역시 동의하듯 고개를 끄덕이며 눈물을 흘렸다. 식사를 제대로 하지 못해서 뼈만 남은 연아는 몸집이 초등학생만 했다.

선고 날, 나는 연아 부모님의 부탁을 받고 연아와 함께 법정으로 들어가기로 했다. 연아는 법정에서 바로 구속될 경우 구치소로 가지고 갈 몇 개월 분량의 뇌전증 약을 비롯해 생리대와 책 한 권이 든 가방을 들고 법정 앞에 서 있었다. 연아의 어머니가 "오늘 연아가 생리 중이에요"라고 말했다.

법정 구속이 되더라도 교도관이 구속된 사람들을 모두 차에 태우고 구치소로 갈 때까지는 시간이 좀 걸린다. 나는 혹시 몰라 가방에서 생리대 두 개를 빼서 연아의 양쪽 주머니에 하나씩 넣어주었다. 짐을 풀 때까지는 임시로 가지고 있으라는 나의 말에 연아는 생리대가 밖으로 삐죽 나오지 않도록 다부지게 주머니 속을 정리했다.

드디어 선고가 시작되었다. 연아가 구속되면 당장 오늘부터 구속 첫날이 되는 것이다. 남들은 더 늦게 들어가고 싶어 하는 징역을 연아는 하루라도 더 빨리 살겠다고 마음먹음으로써 출소 시기에 관해서는 다른 사람보다 경쟁력이 있었다. 그것만이 위로였다.

연아에게는 징역 2년이 선고되었다. 선고 결과를 듣고 나는 연아가 가지고 들어갈 가방을 그녀에게 전달하려고 했다. 그 순간 판사는 "합의할 기회를 주기 위해 법정 구속은 하지 않습니다"라고 말했다. 판사가 연아의 사정을 고려해 선처한 결과였다.

연아와 부모님은 법정 앞 복도에서 엉엉 울었다. 다른 방법이 없어서 벼랑에서 뛰어내리는 심정으로 준비한 법정 구속이 무산된 것이었다. 다시 재판을 받는다고 해도 합의할 돈이 없고, 그래서 합의하지 못하면 징역은 그대로 나올 것이다. 이제 연아의 가족은 또다시 불안과 초조함으로 시간을 보내야 했다. 그들은 모두 장애가 있거나 건강하지 못했다. 시간을 주면 돈을 벌 수 있는 사람들이 아니라 돈 대신 시간을 내어줄 수 있는 사람들이었다.

의자에 웅크린 연아가 구속 준비물이 든 가방을 들고 울었다. 무어라고 말을 하면서 우는데 잘린 혀 때문에 무슨 말인지 알 수 없었다.

몽쉘

코로나19 팬데믹이 시작되면서 한국 정부가 프랑스에 있는 한국전쟁 참전용사들에게 마스크를 지급했다는 기사를 보았다. 한국전 참전용사라고 적힌 모자를 쓰고 인터뷰에 응한 프랑스인 노병은 전쟁 발발 70년이 지났는데도 한국인들은 여전히 자신들을 생각한다며 감동했다는 말을 전했다.

그는 출생 직후 곧바로 보육원에서 자라며 일찌감치 생

사회의 안전망을 짜는 이유

업 전선에 뛰어들었고, 고아로서의 고된 삶을 견디다 못해 자포자기하는 심정으로 18살에 자원입대했다. 그는 참호 속에서 죽은 동료들의 시신이 썩어가는 냄새와 한겨울에 영하 35도까지 떨어지던 지독한 추위가 늘 생각난다고 했다.

"다들 거기 가면 죽을 거라고 했지만 난 아무 상관없었어요."

그의 청춘이 가엾고 마음 아팠다. 그가 인터뷰에서 생략한 많은 사연과 그 의미를 알 것 같았다.

이 기사 주인공과 비슷한 말을 하던 피고인들을 많이 만나왔다. 어떤 피고인의 주소는 법무부의 갱생시설이었다. 생계형 절도가 누적되어 교도소 생활을 전전하던 그가 갈 곳은 없었기 때문이다. 그를 처음 본 날, 부모님이나 형제가 없냐고 물으니 고아로 자라서 가족이 없다고 했다. 처음부터 가족이 없었던 것은 아니고, 어릴 적 기억에 삼촌이라고 부르던 사람이 자신에게 맛있는 것을 사주겠다고 해서 따라나섰는데 한참 기차를 타고 내린 곳에서 잠깐만 기다리라고 해놓고서는 사라졌다고 한다.

그 어린 나이에 며칠을 기차역에서 노숙하던 그가 가게 된 곳은 결국 보육원이었다. 이후 피고인의 삶은 버려진 기차역에서 멈춰 있었다. 사회적으로도, 정서적으로도 성장하지 못한 채 몸만 자라서 어느새 반백 살이 되었다. 그 역시 생에 시작점에서는 자신이 반백 살에 햄이나 훔치는 좀도둑이 되어 있을 거라고 생각하지 못했을 것이다. 그러나 가엾고 불쌍한 삶에는 진입 장벽이 없다.

이번에 그는 보이스피싱 사건에 연루되어 내게 왔다. 대출을 받아 방을 구해보려고 하다가 대출 상담 직원이 체크카드를 먼저 보내주어야 한다는 말에 체크카드를 양도했다. 이후 보이스피싱 일당은 또 다른 누군가를 속여 그의 체크카드로 돈을 받았다.

그의 피의자 신문조서를 살펴보니 국가로부터 상을 받은 적이 있었다. 오래전 화재 현장 옥상에 목숨 걸고 올라가 폭발 위험이 있는 가스통을 제거한 공로로 용감한 시민상을 받은 것이었다. 그는 불길에 가족을 구하려고 뛰어든 것도 아니고 우연히 목격한 화재 현장에 몸을 날렸다. 그는 수많은 인명을 구한 사람이었다.

아무 생각 없이 피고인에게 상투적으로 물었다.

"그러다 죽으면 어쩌려고 그러셨어요."

"죽어도 상관없다고 생각했어요."

그의 담담한 대답에 나는 움찔했다. 그는 어차피 죽어도 상관없으니 사람이나 구하자는 마음으로 불길 속으로 뛰어든 것이었다.

피고인의 재판 결과는 예상할 수 있었다. 무죄를 주장해봤자 보통 보이스피싱 관련 범죄는 엄벌에 처해진다. 또 전자금융거래법위반죄는 고의가 없다는 주장이 좀체 받아들여지지 않는다. 운이 좋으면 피고인은 감당할 수 없는 벌금형을 선고받지만 돈이 없어서 노역장유치를 처분받아 다시 구치소에 수감되거나 결국에는 징역형을 받아 수감될 것이었다. 이러나저러나 그가 갈 곳은 구치소 혹은 교도소였다.

작은 상자에 개미를 넣는다. 개미가 필사적으로 탈출하기를 기다렸다가 상자 입구에 도달하면 다시 개미를 잡아 상자 속에 넣는다. 개미는 또 탈출한다. 겨우 밖으로 나왔더니 또다시 상자에 놓인다. 이번에 개미는 다른 방향으로 탈출해 본다. 역시나 다시 잡힌 다음 상자에 놓인다. 이제는 시간을 좀 두고 탈출해 본다. 탈출해서 다른 방향으로 전력 질주한다. 그러나 그 끝은 역시나 작은 상자 안이다. 개미의 탈출을 지켜보는 개구쟁이의 관심은 개미의 배가 하늘로 향했을 때 끝난다.

어떤 경우에는 상황의 제약 때문에 지능이나 성실이 무의미한 경우도 있다. 사람이 반듯하고 건강하게 살고자 한다면 우선 자신을 위하는 마음이 필수적이다. 피고인에게 자신을 아끼는 마음이 생길 수 있었을까. 심한 불운이 계속되면 가지고 있던 영민함도 사라질 것이다.

변호인으로서 내가 피고인을 위해 할 일은 많지 않았다. 가족도 없었고, 심지어 교회도 다니지 않아서 목사님의 탄원서도 들어오지 않았다(가족이 없어도 교회를 다니면 가끔 목사님이 눈물로 탄원하는 경우가 있다). 그에게 돈이 없다는 사실은 기록이나 대화를 통하지 않아도 치아 상태를 보고 알 수 있었다. 구치소나 교도소에서는 먹는 일이 그가 주도적으로 할 수 있는 몇 안 되는 일일 터인데, 그 일에 심각한 제약을 주는 치아 상태를 어찌해 볼 도리가 없을 정도로 경제적 상황이 좋지 않은 것이다. 듬성듬성 빠져 있는 이가 신경이 쓰였는지 그는 말하면서 가끔씩 의식적으로 입을 가렸다.

선고 기일에 그는 법정 구속되었고, 나는 얼마 뒤 다른 피고인들을 접견하러 그가 수감되어 있는 구치소에 가게 되었다. 나는 그에게 뭐라도 주고 싶었는데, 구치소 민원실에 넣을 수 있는 음식은 죄다 잘 씹어야만 하는 것이었다. 결국 고심 끝에 내가 그의 수용자 번호로 넣은 물품은 부드러운 초코파이 '몽쉘'이었다.

몽쉘은 본래 프랑스어로 'mon cher'이다. 'mon'은 '나의', 'cher'은 '친애하는, 사랑하는, 소중한 이'라는 뜻이다. 나는 단순히 피고인 누구가 아니라 1970년에 이 세상에 온 한 사람에게 몽쉘의 마음으로 몽쉘을 주었다. 그저 과자이지만, 과자를 전해 받은 그가 세상에 어떤 한 사람은 자신의 앞날에 좋은 일이 많기를 간절히 소망한다는 사실을 느끼기를 바랐다.

우리가 친절해야 하는 이유

영자 할머니는 낡은 집에서 살고 있었다. 단순히 '낡다' 고 표현하기에는 집 밖도 안도 다 스러져가는 모양새였다. 온 집 안은 곰팡이로 뒤덮여 있었고 멀쩡한 살림살이가 하나도 없었다. 이런 집도 집이기 때문에 영자 할머니는 기초생활수급자가 되지 못했다. 할머니는 자녀가 없었고 폐지를 주워서 당장의 배고픔만 해결하는 생활을 해왔다. 겨울에는 난방을 하지 못해서, 여름에는 꽉 찬 더위로 견디기가 힘든 집이었다.

영자 할머니는 폐지와 온갖 잡동사니를 모아 집에 쟁여 두고 더 이상 발 디딜 틈이 없자 집 앞까지 폐지와 잡동사니를 쌓아두었다. 일평생 차를 가져본 적이 없지만 할머니네 집 앞은 법적으로 주차장이었고, 할머니는 주차장을 용도대로 사용하지 않았다고 주차장법 위반으로 재판을 받게 되었다.

영자 할머니는 한번 앉으면 일어서기 어려울 정도로 다리가 불편했다. 주변에 있던 고물상이 이사를 가서 폐지를 멀리 있는 고물상으로 가져가야 했는데 어디로 가야 할지도 모르겠어서 폐지를 쌓아만 두고 있었다고 할머니는 말했다.

할머니가 폐지 때문에 재판도 받고 집 안도 폐지로 가득 차서 남는 방을 월세로 임대하지 못하는 것이라는 생각이 들었다. 할머니에게 집 안의 폐지들과 잡동사니를 치워주면 좋겠냐고 물으니 할머니는 그 많은 것을 돈도 받지 않고 치워주는 사람이 어디 있느냐고 반문했다.

언젠가 저장강박증이 있는 노인의 집을 청소해 주는 방

송을 본 적이 있어서 구청 복지과나 여러 경로를 검색해보면 반드시 도움받을 길이 있으리라고 생각했다. 그 전에 영자 할머니에게 다시 한번 물었다.

"집에 있는 쓰레기들을 다 버려주면 되겠지요?"

"쓰레기라니요. 다 내 재산인데. 치워주는 건 정리해서 내가 팔기 수월하게끔 해주라는 말이지요. 그걸 버리면 난 뭘 먹고 살아요."

순간 멍했다. 그것들은 나에게만 폐지였고 영자 할머니에게는 재물이었던 것이다.

재판 며칠 전 사무실에서 상담을 진행한 피고인 김상호는 한쪽 폐 없이 생업을 이어가느라 고된 생활을 하고 있었다. 부모 형제도 없고 배우지도 못하고 일평생 힘들게 살아온 사람이었다. 최근에는 폐지 줍는 일을 해왔는데, 종종 폐지 줍는 사람들이 그러는 것처럼 그 역시 절도죄로 재판받게 되었다.

재판 당일, 법정에서도 복도에서도 김상호는 보이지 않았다. 나는 그에게 전화를 걸었다. 곧이어 그와는 다른 목소리가 전화를 받으며 지인이라 밝혔다. 본인 재판인데 법정에 나타나지도 않고 본인 전화를 다른 사람이 받다니 어이가 없었다. 나는 단호한 목소리로 김상호를 바꿔달라고 말했다.

"아, 김상호 씨 방금 죽었어요. 여기 대학병원 응급실이에요. 이제 방금 막 죽었대요."

그의 죽음을 전하는 지인이라는 사람의 목소리는 놀랍도록 침착했다.

이런 일은 종종 일어난다. 재판에 나타나지 않아서 전화해 보면 경찰이 전화를 받을 때도 있다. 피고인이 극단적 선택을 했고, 사망을 확인했다고 말이다. 피고인과 연락이 되지 않아서 찾아보거나 조금 기다리다 보면 곧 그의 사망 소식이 들려온다. 그때마다 나는 나의 피고인들은 참 쉽게 죽는 것 같다고 생각했다.

뇌 병변 장애인이자 독거노인의 변론을 맡은 적이 있다. 재판을 진행하기 위해 그 집의 구조와 특정한 물건을 살피고 사진을 찍어 증거로 제출하는 일이 필요했는데 피고인이 스스로 그 일을 잘할 수 없어서 직접 그의 집으로 방문했다.

가족과 단절된 채 단칸방에 사는 피고인의 방을 가장 많이 차지하고 있던 건 산더미처럼 쌓인 약봉지였다. 그 방에 있는 유일한 사진은 피고인이 자신의 장례에 사용하려고 미리 찍어둔 영정 사진이었다. 그는 매일 자신의 영정 사진 아래에서 눈을 붙였다.

어떤 절도 피고인의 기록에는 검거될 당시 그의 가방에 착화탄이 들어 있었다는 내용이 있었다. 오래된 거리 생활 속에서 고단한 삶에 지친 그는 수중의 모든 돈을 털어 착화탄과 소주를 구입했다. 그리고 이제 삶을 정리하려는 순간 그는 멍해졌다고 한다. 착화탄이 그의 목적에 도움이 되려면 최소한의 밀폐된 공간이 있어야 하는데, 하늘 아래 그가 들어갈 수 있는 지붕 있는 곳이 없었기 때문이다.

자살 위험이 있어서 구치소 내 CCTV가 있는 1인실에 수용되어 있는 피고인도 있다. 그는 유치장에서 자살 시도를 하다가 실패했고, 구속된 이후에는 계속 감시받고 있었다. 피고인은 보육원에서 나온 이후 힘들 때면 본드를 흡

사회의 안전망을 짜는 이유

입하다가 유해화학물질관리법 위반 전과가 반복되었다. 피고인을 처음 만났을 때 그에게 재판받을 의지가 없음을 알 수 있었다. 그는 아무것도 다투지 않았고, 아무 할 말도 없으며 아무것도 제출할 게 없다고 했다. 피고인의 눈빛에서는 그가 이미 육신의 껍데기만 남겨진 상태라는 게 느껴졌다.

나의 피고인들의 사정을 모두 이해할 수는 없다. 과연 노력한다고 해서 다른 사람을 진정으로 이해할 수 있을지도 잘 모르겠다. 하지만 수많은 피고인을 만나오면서 알게 되는 한 가지 사실은 분명하다. 끼니를 걱정하면서 교양 있는 생각과 행동을 하기는 쉽지 않다는 것이다.

정확히 무엇이 그들을 피고인으로 만들었는지는 그들의 인생을 경험해 보지 못하고서는 알 수 없다. 하지만 이제 안다. 대부분 그들이 피고인이 되기까지의 삶에는 반드시 무언가가 있었음을 말이다. 그들의 범죄를 옹호하는 게 아니다. 이미 범죄자가 되어버린 그들을 나는 계속 생각하겠다는 말이다.

"부탁하건대, 언젠가는 내가 당신의 자살을 막은 것을 용서해주면 좋겠다. 나는 그 순간 살아야 했고, 당신을 살려야만 내가 계속 살 수 있을 것만 같았다.

나는 아직 배에서 내리지 않았다. 우리는 여전히 함께 배를 타고 있다"(《죽은 자의 집 청소》, 김완, 김영사, 185쪽).

나도 아직 배에서 내리지 않았다. 우리는 여전히 함께 배를 타고 있다.

여전히
변방에
서서

우리는 순간순간을 산다. 어렵고 힘든 시간 속
에서도 한순간의 기쁨으로 다시 살아갈 힘을 얻
을 수 있다. 나의 순간의 도움이 누군가에게는
시간이 되어 삶을 이룬다는 것을, 그리하여 한
생이 바뀌어갈 수 있음을 믿는다. 이것이 내가
여전히 국선변호인인 이유다.

발가락 양말

한 달에 한 번 공공기관에 무료 법률 상담을 하러 간다. 오랜 시간 국선전담변호사로서 형사사건만 담당하고 있기 때문에 민사사건에 대한 감을 잃지 않으려고 꾸준히 하고 있다. 그곳에 가면 임금과 임대차보증금 문제부터 시작해서 집 앞에 공동묘지를 만든다는데 어떻게 해야 하느냐는 물음까지 다양한 질문을 받는다. 그러면 내가 아는 지식을 동원해 바로 답을 주거나 나도 모르는 부분이 있으면 찾아서 알려준다.

그렇게 민사의 향기를 맡으며 감을 잃지 않으려 노력하던 어느 날 한 여성이 찾아왔다. 그녀는 수심이 가득한 얼굴을 한 채 낡은 천 가방을 두 팔로 꼭 감싼 모습으로 들어왔다. 무슨 일로 왔는지 묻자 그녀는 힘없이 서류를 주섬주섬 꺼내놓았다. 기술보증기금에서 온 서류였는데, 그녀의 아버지에게 청구할 십 수억 원의 돈을 상속인인 이 여성에게 대신 갚으라는 내용이었다.

그녀는 어릴 때 어머니를 잃고, 형제도 없이 자랐다. 몸이 불편한 아버지를 부양하고 간병하느라 결혼도 하지 않았다. 지금껏 고되게 일해서 번 돈은 아버지와의 생활비, 병원비로 다 써버려서 모아둔 돈도 없었다. 아버지는 2년 전에 돌아가셨는데, 다행히 빚은 남기지 않았다고 했다. 상속을 받을 것도, 포기할 것도 없었고 장례를 치르는 일로 끝이 났다.

그러다 갑자기 날아든 채무 서류를 받아 들었을 때 그녀가 느낀 좌절감의 무게는 감히 계산할 수 없다. 알고 보니 생전 아버지가 사업을 하는 친구에게 이름을 빌려주었고,

그 사업이 잘못된 것이었다. 그녀는 상속 포기와 한정승인에 대해 검색해 보았지만 사망 후 3개월이라는 기한을 보고 절망하고, 지푸라기라도 잡는 심정으로 무료 법률 상담실에 찾아온 것이었다.

"희망이 없겠죠…… 방법이 없겠죠…… 저도 알아요. 3개월 안에 해야 된다는 거."

그녀는 내가 서류를 들여다보는 동안에도 그렇게 말했다.

재산을 상속받는 것을 거부하는 것이 상속 포기이고, 재산을 상속받되 상속재산의 한도 내에서 채무를 책임지겠다는 것이 한정승인이다. 상속 포기와 한정승인은 모두 가정법원에 청구해야 하고, 상속 개시가 있음을 안 날로부터 3개월 안에 해야 한다.

이미 많은 것을 포기한 듯한 그녀에게 나는 답했다.

"아니요. 방법이 있습니다. '특별 한정승인'이라는 것이 있어요."

한정승인은 상속 개시 있음을 안 날로부터 3개월 내에 하는 것이 원칙이지만, 상속채무가 상속재산을 초과하는 사실을 중대한 과실 없이 알지 못한 경우에는 그 사실을 안 날로부터 3개월 내에 청구할 수도 있다. 이것이 바로 특별 한정승인이다.

나는 사적으로 소송을 수임할 수 없는 국선전담변호사이므로, 그녀의 사건을 맡아 대리할 수 없었다. 그 대신, 상담실 컴퓨터를 열어 '대한민국 법원 나홀로 소송' 홈페이지에서 서식을 다운로드하여 작성하는 방법을 그녀에게 알려주었다.

벅차고 놀라운 얼굴로 설명을 듣던 그녀는 이내 손으로 얼굴을 감싸고 울기 시작했다.

"저 사실 이거 받고 죽으려고 했어요."

하염없이 우는 그녀에게 휴지도 건네주고 위로를 하다가 물었다.

"오늘 저 만나서 좋죠."

"네, 좋아요. 정말 좋아요. 이렇게 해결도 해주시고 친절하시고."

"그럼 ○○○ 씨 오늘 귀인을 만난 거네요? 행운이 있는 거네요? ○○○ 씨 인생에도 좋은 일이 있는 거네요! 앞으로도 이렇게 좋은 일이 많을 거예요."

내가 초등학생처럼 계속 자화자찬하며 위로하자 고개를 끄덕이며 울던 그녀가 마침내 웃음을 터트렸다.

내게 울다 웃은 경험은 오래되지 않았다. 아버지가 돌아가신 다음 날, 빈소가 차려지고 마치 내가 영화에 상주 역으로 캐스팅된 것 같았다. 실감이 나지 않고 꿈을 꾸는 것 같고 연기하는 것 같았다. 그러나 입관식을 한 다음부터는 너무 슬퍼서 이제 어떻게 살지 하는 마음이 들었다. 평소 수분 부족으로 피부도 건조하고 안구도 건조한데, 대체 인간의 몸에는 얼마나 많은 수분이 있길래 눈물이 끝도 없이 나올 수 있는지 신기했다.

슬픔을 등에 업고 힘없이 앉아 있으니 국가유공자인 아버지를 위해 무공수훈자회 선양단에서 조문을 왔다. 제복을 입은 사람들이 절도 있게 입장하고 조문 절차를 진행했다. 음향 기기로 엄숙한 음악을 틀어 묵념도 하고 정중하게 장례 의전이 진행되었는데, 아버지가 젊은 청춘에 전쟁터로 가는 배에 올랐다는 사실이 가엾고 슬퍼서 더욱 눈물

여전히 변방에 서서

이 났다.

한 분이 태극기를 손에 받들고 아버지 영정 앞으로 행진했다. 고개 숙이고 울고 있었더니 그분의 발가락 양말이 눈에 띄었다. 바닥의 주변을 둘러보니 대부분 사람들이 발가락 양말을 신고 있었다. 수많은 발가락이 눈앞에서 왔다 갔다 했다.

나는 제복과 엄숙한 음악, 아버지 영정, 태극기와 어우러진 발가락 양말들의 집합체를 보면서 문득 웃음이 났다. 어린아이가 단순히 방귀 소리에 큭큭 웃는 것처럼 특별한 이유 없이 발가락 양말에 웃음이 났다. 소리 내어 웃지는 않았지만 웃음을 참느라 긴장했다. 어쩌면 마스크 위로 나의 눈은 웃고 있는 반달눈이었을지도 모른다. 잠시였지만 슬프지 않았다. 장례식이 진행되는 내내 한창 울다가도 발가락 양말이 생각나면 조금 덜 슬펐다.

이후 아버지의 49재는 절에서 지냈는데, 오랜 시간 아버지의 영정을 마주할 때마다 가늠할 수 없는 슬픔으로 끊임없이 눈물이 흘렀다. 마침내 49재 의식이 시작되고 가족들이 스님을 따라 절을 했다. 아래로 몸을 엎드리자 스님의 발이 눈에 띄었다. 발가락 양말이었다. 그러면 안 되는데 또 웃음이 났다. 엄숙하고 거룩하기까지 한 분위기와 발가락 양말은 정말이지 어울리지 않았다. 발가락 양말은 슬픔을 줄여주기 위해 탄생한 물건이 틀림없었다.

사람은 시절이 아니라 순간을 기억한다. 발가락 양말 덕분에 나는 오래 슬퍼했던 시절을 뒤로하고 잠시 웃었던 순간을 기억할 것이다. 그리고 나는 나도 누군가에게 발가락 양말이 되어 한순간이라도 위안이 되고 힘든 마음을 잊게 하고 싶다고 생각했다.

여전히 변방에 서서

함구증

내 아들은 어려서부터 말하기를 좋아했다. 자신이 주도적으로 말하기를 좋아했고 호기심이 많아서 질문도 많았으며 끊임없이 수다를 떨었다. 그러던 어느 날 '선택적 함구증'이 있는 도영이를 알게 되었다. 도영이는 누구에게도 말하고 싶어 하지 않는 아이였고 내 아들은 다른 사람의 이야기를 듣기보다는 자신의 이야기를 하고 싶어 하는 아이였다. 둘은 끝내주는 친구가 되었다.

하굣길에 아들은 끊임없이 수다를 떨고 도영이는 말없이 들었다. 서로 원하는 바가 일치했다. 도영이는 말하지 않는 자신의 행동을 문제 삼지 않기를 원했고 아들은 자신의 말을 끊지 않고 다 들어줄 사람이 너무나도 간절했던 것이다.

　도영이는 가족 외에는 그 누구에게도 말하지 않았다. 학교에서는 말하지 않는 아이로 유명했다. 한번은 도영이 가족들과 파자마 파티를 열어서 우리 집에서 밤을 넘긴 적도 있었는데, 도영이는 한마디도 하지 않았지만 웃고, 찡그리고, 삐지고, 고개를 끄덕이면서 아들과 놀았다.

　아들과 도영이의 의사소통 방식은 순수했다. 아들은 도영이가 말하지 않는 것에 대해서 이상하게 생각하지 않았다. 도영이가 말하고 싶어 하지 않기 때문이라고 자연스럽게 받아들였다. 길을 가다 도영이를 마주치면 아들은 "어디 갔다 와?"라고 물었고, 도영이는 뒤돌아서서 등에 멘 가방을 보여주었다. 아들은 그 가방에 적힌 영어 학원 이름을 보고는 "응~ 영어학원 갔다 왔구나"라고 답했다.

어느 날, 도영이가 우리 집 벨을 눌렀다. 곧바로 문을 열고 나간 나는 "무슨 일이야 도영아?"라고 말하며 문자를 쓸 수 있는 상태로 휴대폰을 도영이에게 내밀었다. 그러자 도영이가 불쑥 내 귀를 잡아당기며 속삭이듯 말했다.

"아빠한테 전화해 주세요."

아무도 없는 공간이었다. 나에게 속삭이듯 말하는 도영이를 보니 놀라웠다. 아주 작은 목소리였지만 분명 말을 했기 때문이다. 나는 도영이에게 휴대폰을 내밀면서 "도영이가 숫자를 눌러봐. 아빠 전화번호를 눌러서 도영이가 전화하면 돼"라고 말했다.

도영이는 자신이 말하지 않는 것을 익숙하게 여기는 우리 모자를 편안하게 느끼는 것 같았고, 나는 가족 외에 다른 사람에게는 말하지 않는다는 아이에게 선택받은 존재처럼 느껴졌다. 그리고 도영이는 언젠가부터 보이지 않았는데 2년이 지날 때까지도 소식을 알 수 없었다. 그렇게 잊고 지내던 날들 속에서 도영이 엄마에게 연락이 왔다. 도영이는 새로운 학교에서 말을 하기 시작했다. 말이 많은 것은 아니지만 자신을 부르는 소리에 대답도 하고 의사표현을 하기 시작했다는 것이다.

　나는 아무도 없는 아파트 복도에서도 내 귀를 잡아당기며 속삭이듯 말했던 도영이의 목소리가 생각나 울컥한 마음이 들었다. 도영이 역시 말을 하고 싶은 아이였던 것이다.

　그리고 나는 말을 하지 않는 어른을 만나게 되었다. 구속된 피고인 노형준을 접견한 첫날이었다. 노형준은 나에게 아무 말도 하지 않았다. 수사 기록을 보니 그는 경찰에게는 말을 했다. 조리 있는 말은 아니었지만 어쨌든 말을 했다.

　처음에 나는 그에게 질문을 하다가 답이 없자 나중에는 사건에 관해서 느끼거나 생각한 것에 대해서 말했다. 나의 이런저런 이야기에도 그는 아무런 반응이 없었다. 오랫동안 노숙인으로 살아온 노형준은 사건 당일에도 평소 들고 다니던 냄비를 들고 식당에 가서 밥을 달라고 했다. 식당 주인은 줄 수 없다고 거절했고 그는 냄비를 휘두르며 화를 냈다. 그 결과, 특수폭행죄로 기소되었다.

　나는 식당 CCTV 영상을 캡처한 사진을 그에게 보여주며, 냄비를 휘두르고 있는 사람이 자신이 맞는지 확인해 보라고 했다. 노형준은 영상은 보지도 않고 고개를 가로젓고는 계속 침묵했다. 혹시 내가 마음에 안 들어서 국선변호인을 바꾸고 싶은 마음에 입을 닫은 건지 궁금해서 그에게 국선변호인을 변경하고 싶냐고 물었지만 돌아오는 답은 없었다.

계속되는 침묵 속에서 내가 말했다.

"저는 앞으로 30분간 더 앉아 있을 거예요. 말하고 싶을 때 말하시면 됩니다."

처음에는 그의 눈을 쳐다보고, 나중에는 기록을 보다가, 시계도 보고, 허리가 아파서 잠시 앉은자리에서 스트레칭도 했지만 끝내 그의 목소리는 듣지 못했다. 30분이 넘자 내가 그를 고문하는 느낌이 들었다.

"오늘은 이만 갈게요."

구치소를 나오는 길에 다음 방문 때는 노형준이 말을 할까, 말을 하게 하려면 어떻게 해야 할까 하고 고민했다. 이후 나는 재판 날 법정에서 '피고인이 말을 하지 않아서 공소사실을 정리할 수 없었다'라고 말해야지 하고 마음먹었다가, 2년 만에 도영이 엄마의 연락을 받고 다시 그를 만나러 구치소로 향했다.

코로나19가 유행한 다음부터 접견실에는 투명 플라스틱 칸막이가 설치되어 있었다. 노형준과 나는 칸막이를 사이에 두고 마주 앉았다. 그를 앞에 두고 나는 노트를 꺼냈다. 나는 사건 관련 질문과 객관식 답을 적은 페이지를 그의 눈앞에 펼쳐 들고 말했다.

"자, 냄비를 들고 식당 주인에게 휘두른 게 맞으면 1번, 아니면 2번. 손가락으로 표현해 보세요."

계속되는 여러 필담 질문에도 노형준은 말이 없었다. 끈질긴 시도에도 돌아오는 게 없자 나는 좌절하듯이 노트를 내렸다. 그 순간, 노형준의 목소리를 들을 수 있었다.

"내가 그런 거 맞아요."

그가 누군가에게 냄비를 휘두른 게 사실이라면 나쁜 행동을 한 것인데, 그 순간에는 그가 말을 했다는 사실에 놀란 나머지 기쁜 마음이 들었다. 노형준은 말을 할 수 없는 사람이 아니라 말할 필요가 없다고 생각한 사람이었다. 앞에 있는 사람이 자신에게 도움이 되지 않을 것이고 다시 거리에서 굶을 것이며 이러한 삶이 나아지지 않을 것이라는 무기력함이 그의 입을 닫게 했을 것이다.

자신의 눈앞에서 노트를 팔랑거리는 나의 모습에서 그가 느낀 게 정확히 무엇인지는 모르겠다. 그저 이야기를 해봐도 괜찮겠다는 일말의 희망이었으면 하고 바랄 뿐이다. 굳게 닫힌 입을 열어준 그를 붙잡고 나는 그간의 사정에 대해 꼬치꼬치 캐물었다. 그날의 대화는 결코 짧지 않았다.

접견 이후 나는 노형준의 주소지 주민센터 복지과에 전화해서 그가 도움을 받을 수 있는 방법이 있는지 물어보았다. 그는 기초생활수급자가 될 수 있었다. 나는 공무원이 알려준 방법을 노트에 필기해 두었다가 다음번 접견 때 그에게 차근차근 설명해 주었다.

친절이라는 신

국선변호사가 되기 전의 일이다. 사무실에서 회의를 하고 있는데 복부에 큰 통증이 느껴졌다. 통증이 심해서 허리를 펼 수 없었고 식은땀만 흘렸다. 사무실 바로 앞 병원에서는 큰 병원으로 가보라고 말했다. 염증 수치가 너무 높았기 때문이다. 종합병원에서 각종 검사를 한 다음 응급실에 누워서 검사 결과를 기다렸다. 한참 뒤 의사는 급성 신우염으로 의심되고, 최소 일주일은 입원해서 항생제를 맞아야 한다고 했다. 의사가 커튼 뒤로 사라지자 나는 병원 천장을 보면서 웃음을 터트렸다. 너무 좋아서 가슴이 두근대기까지 했다.

당시 나는 법무법인 소속 변호사로 일하고 있었다. 사선 변호사로 일하는 동안에는 법원이 쉬는 휴정기를 제외하고 평일에 연차 휴가를 써본 적이 없었다. 일이 많은 것만이 스트레스가 아니었다. 상사의 비효율적이고 비상식적이라고 생각되는 업무 지시가 나를 제일 괴롭게 했다.

같은 입장에 있던 다른 소속 변호사들과 나는 항상 새벽까지 야근했다. 그렇게 나름대로 일을 많이 한다고 생각하고 있던 어느 날 대표변호사를 비롯해 다른 소속 변호사들과 함께 엘리베이터에 타고 있었다. 그때 어떤 사회성 없는 변호사가 나에게 그리고 그 엘리베이터에 있는 모두에게 다 들리는 목소리로 말했다.

"변호사님은 좋겠어요, 야근을 안 해도 되니까."

언제나 야심한 밤에 사무실에서 나서던 나는 황당할 수밖에 없었다. 내가 해왔던 것은 야근이 아니고 뭐였던 걸까 하는 생각이 들었다. 다른 팀 소속 변호사의 설명에 의하면, 그들에게 야근이란 자정 넘어서 일을 하고 있는데 파트너 변호사가 들어와 "야식 먹고 하자"라고 말하는 상황이 펼쳐져야 하는 것이었다.

똑똑하면서도 체력까지 좋은 동료 변호사들 속에서 나는 뛰어나지도 않으면서 체력마저 떨어지는 모자란 사람 같았다. 이런 생활이 나만 행복하지 않은 게 확실한지 늘 궁금했다. 어떤 날에는 교통사고를 당하되 중상은 입지 않고 입원은 할 수 있는 정도로 다치면 좋겠다고 생각했다. 하루만 쉴 핑계를 댈 정도의 경상이라도 좋겠다고 바랐다.

이런 상황에서 급성 신우염이 왔다. 철없는 생각이지만, 교통사고로 뼈를 내주지 않고도 무려 일주일이나 입원할 수 있다는 사실에 마냥 좋았다. 입원할 병실은 2인실이었다. 옆 침대 환자는 40대 중반쯤 되어 보이는 여성이었다. 내가 인사하며 "오래 기다려야 된다고 했는데 금방 병실이 났더라고요"라고 말을 붙이니 "그 침대에 계시던 할머니께서 새벽에 돌아가셨어요"라는 답이 돌아왔다.

나는 침대에 커튼을 치고 잠만 잤다. 세수도, 양치도 하

여전히 변방에 서서

지 않았고 머리도 감지 않고 옷도 갈아입지 않았다. 끼니를 놓치기도 하면서 며칠 내내 오로지 잠만 잤다. 당시 불면증이 심했는데 그 병원에서는 신기하게 낮에도, 밤에도 잠이 잘 왔다. 매일 밤 간호사가 염증 수치를 확인하기 위해 피를 뽑아갔는데 그것도 못 느끼고 쭉 자기도 했다. 나는 며칠을 굶어서 허겁지겁 음식을 입에 넣는 사람처럼 잠을 먹고 있었다.

입원한 지 며칠이 지나도록 옆 침대 환자와 별 대화를 하지 않았다. 그래도 그녀는 꾸준히 자신이 먹는 간식의 일부를 나에게 나누어 주었다. 씻은 방울토마토를 그릇에 담아 자고 있는 나의 침대 옆 테이블에 살포시 놓아두기도 했다.

그렇게 소리 없이 지내던 어느 날, 그녀가 나에게 환자복 한 벌을 들고 와서는 갈아입으라고 말했다. 그리고 누군가에게 말해서 내 침대 시트를 갈아달라고 요청했다.

"염증이 있는 모양인데, 그러면 위생이 중요하잖아요."

그녀는 내게 왜 머리도 감지 않는지 물었다. 당황한 나는 팔에 링거를 꽂은 채 머리를 감으면 주삿바늘이 쑥 들어갈까 봐 무서워서 그렇다고 변명했다. 그녀는 자신은 주사를 가슴에 맞고 있으니 양팔이 자유롭다며 머리를 감겨주겠다고 했다. 사양했지만 그녀는 한사코 자신은 괜찮다고 했다.

"저는 원래 머리를 감지 않는 사람입니다"라고 할 수도 없어서 나는 끌려가듯 욕실로 들어갔다. 링거 맞는 팔을 쭉 빼고 어설프게 쭈그려 앉으니 그녀가 물이 따뜻한지 확인한 다음 내 머리에 조심스럽게 호스를 갖다대었다. 머리카락에 골고루 물을 묻히고는 샴푸로 머리를 구석구석 씻어냈다. 그러고는 다시 따뜻한 물로 헹구는데 꼼꼼히 헹구느라 머리카락 사이로 손을 넣어 두피를 쓰다듬었다.

미용실도 아닌 이곳에서 낯선 사람의 손길을 받고 있는 이상한 광경이었다. 고개 숙이고 있던 나는 갑자기 울음이 터졌다. 가진 능력보다 더 벅찬 일을 하면서 잘하고 있다고 생각했던 마음이 그 광경 속에서 무너져 내렸다. 샴푸를 헹구는 물이 얼굴을 타고 내릴 때 눈물도 함께 흘러내렸다.

너무 힘들고 도움이 좀 필요하다고 말하고 싶었는데 그러지 못하고 몸도 마음도 다 어른인 것처럼 살고 있었다. 말 몇 마디 했을 뿐인 낯선 사람의 친절에 울컥해서 어린아이가 되어버린 느낌이었다. 내 마음을 아는지 그녀는 천천히 정성스럽게 내 머리를 감겨 준 다음 머리카락을 말려 주고 빗어주었다. 나는 그 따뜻한 손길을 가만히 받아냈다.

생경한 시간이 지나고 처음으로 그녀에게 병명이 무엇인지 물었다. 그녀는 악성림프종 암을 앓고 있고 항암 치료를 받고 있다고 말했다. 그녀가 밤에 잘 자지 못하는 이유를 알 것 같았다. 그녀에게는 중학생인 아이들이 있었다.

자신의 마음도 복잡하고 힘들 텐데 생면부지의 사람에게 친절을 베푼 그녀에게 감동했다. 그녀가 건강해지기를 간절하게 바라는 마음이 절로 생겼다. 퇴원 후 나는 더 이상 다른 변호사들도 나처럼 힘든지, 나처럼 행복하지 않은지 궁금하지 않았다. 내 마음은 명확해졌다. 그해, 나는 하던 일을 그만두었다.

퇴원할 때 얻어온 연락처로 해마다 그녀에게 안부를 물

었다. 그녀 역시 아이들 졸업식 같은 특별한 날이 있으면 근황을 알려왔다. 그녀는 퇴원 후 도시 생활을 정리하고 고창 선운사 근처에 집을 지어 살았다. 예쁜 꽃이 보일 때마다 나에게 사진을 보내왔는데, 어느 날에는 선운사에 동백꽃이 피었으니 한번 내려오라고 성화였다. 내가 내려가겠다고 하니 좋아하며 내려오면 머리를 감겨줄 수 있다고 농담했다.

이제 그녀는 없다. 하지만 기억은 여전하다. 자신도 힘든 투병 생활을 하고 있으면서 조건 없이 베풀었던 그녀의 친절함에 대한 기억은 내 안에 새겨져 여전히 힘이 된다. 당시 지쳐 있던 나에게 잠시 신이 와서 위로해 주고 간 걸지도 모르겠다. 확실한 건 이제 내가 누군가에게 그 신이 되어줄 차례라는 사실이다.

변론과 간병을 동시에 하다

국민참여재판으로 진행한 이른바 '뺑소니 사건'이 있다. 법인 택시 운전기사인 중년 여성이 피고인이었다. 유턴 허용 구역 조금 앞에서 피고인의 차가 유턴을 했고, 마침 옆을 지나던 오토바이가 직진하다가 가로수를 박고 쓰러졌다. 피고인은 유턴할 때 오토바이를 보지 못했고 피고인 차와 오토바이는 직접 충돌하지 않았다. 사고 사실을 몰랐던 피고인은 가던 길을 계속 갔다.

피고인은 벌금 500만 원으로 약식기소되었지만 이에 불복해서 정식재판을 청구했다. 그녀는 벌금을 내지 못하면 수배되어 노역장에 유치될까 봐 지인에게 돈을 빌려서 벌금을 납부했지만 돈을 갚아야 할 생각을 하니 앞이 캄캄하다고 했다. 비접촉 사고였고, 차량 블랙박스 영상을 보니 피고인이 사고 사실을 인지하지 못한 정황이 여럿 있어서 다투어볼 만했다.

　피고인은 남편의 가혹한 폭행을 견디며 아들을 양육했으나 당시 초등학생이었던 아들이 피고인에게 제발 둘이서만 살자고 애원해서 아들만 데리고 집을 나온 다음 억척같이 살아냈다고 했다. 피고인은 뇌종양과 심장병까지 앓고 있었다. 그런 상황에서도 피고인은 악화되지 않는 지병에 감사해하며 열심히 운동하고 일하면서 살아왔다고 말했다.

　피고인은 소아마비로 다리 길이가 달라서 오랜 시간 서서 해야 하는 일은 할 수 없었다. 그나마 앉아서 하는 운전이 가능했는데, 뺑소니로 유죄가 확정되면 면허가 취소되므로 더 이상 택시 기사를 할 수 없는 것이다. 즉, 생계가 막막해지는 상황이었다. 그녀는 운전을 해본 일반 시민이라면 사고를 인식할 수 없었던 상황을 이해할 수 있을 거라고 주장했다. 우리는 일반 시민을 재판에 참여시키는 국민참여재판을 신청했다.

재판까지 한 달을 앞두고 갑자기 피고인과 연락이 되지 않았다. 일전에 피고인이 한 종합병원에서 심장병 치료를 받는다는 말이 떠올라 나는 해당 병원의 흉부외과에 전화를 걸었다. 피고인을 찾는 나에게 간호사는 개인 정보 보호를 위해 확인해 줄 수 없다고 말했다. 나는 그 환자가 입원해 있다면 환자나 보호자에게 변호사가 애타게 찾고 있다는 말을 전해달라고 부탁했다. 그리고 그날 피고인의 아들에게서 전화가 왔다.

피고인의 아들은 어머니가 심장 이상으로 쓰러졌고, 2주 동안 의식 없이 중환자실에 있었다고 말했다. 피고인은 갈비뼈를 절단하는 심장 수술을 한 다음 계속 입원 중이었다. 그녀는 쉽게 회복되지 않았다. 재판 날이 다가오는데도 매일 심한 열이 나서 의사는 열이 계속 난다면 재판 당일에도 외출은 불가능하다고 했다.

그녀는 재판에 출석하지 못하거나 무죄를 받지 못하면 죽어버릴 수도 있다는 무서운 말을 했다. 앞길이 창창한 아들이 공사판에서 일하는데 그 아들에게 자신마저 짐이 되어서 살 수는 없다는 말이었다. 피고인은 무슨 일이 있어도 재판에 출석할 테니 자신이 일어설 때나 앉을 때 앞에서 안아달라고 했다. 가슴을 열고 수술했기 때문에 상체에 힘을 주면 안 되기 때문이었다.

재판 당일, 피고인은 아들의 부축을 받으며 등장했다. 그 이후 재판은 정신없이 흘러갔다. 가사와 일은 병행해 보았지만 변론과 간병을 병행해 보기는 나 역시 처음이었다. 이뇨 작용이 있는 약 때문에 수시로 화장실에 가야 하는 피고인을 앞에서 안아 일으켜 세우고 화장실까지 부축해서 간 다음 피고인이 바지를 내리면 다시 피고인을 안아서 변기에 앉혀야 했고, 용변을 다 보면 또다시 안아서 일으켜 세워야 했다. 그녀가 손에 힘을 주지 못하고 주저앉기를 반복하며 힘들어할 때는 옷을 내리고 올리는 일도 내가 해주어야 했다.

　이날 유능한 검사의 현란한 언변은 우리의 강력한 초라함에 지고 말았다. 법정에서 오늘내일하는 것 같은 사람을 일으켜 세워서 부축해 나가는 변호인, 발을 맞춰 천천히 걸어 나가는 두 여성의 느린 걸음, 병색이 완연하고 깡마른 피고인의 존재 자체가 양형 자료였다.

　"여러분, 사고 시간을 보십시오. 밤 12시에 택시 운전을 하고 있었습니다."

　내 변론에 배심원들 눈에서는 안쓰러움이 뚝뚝 떨어졌다. 화면에는 피고인의 진단서를 띄웠다.

　"피고인에게는 뇌종양이 있고, 피고인의 심장에는 세 개의 인공판막이 있습니다. 지금 피고인은 계단도 오르지 못하는 절망적인 건강 상태입니다. 그렇지만 택시 면허가 취소되지 않는다면, 피고인이 건강을 회복해서 언젠가는 다시 택시 운전을 할 수 있다는 희망만은 가지고 살 수 있겠지요."

　그날 뺑소니 혐의는 무죄판결을 받았다. 블랙박스를 비롯해 다른 증거에서 피고인이 사고를 인식하지 못했다는 정황이 드러났기 때문이다. 그녀는 자신 때문에 오토바이 사고 피해자가 상해를 입은 것은 다투지 않았기 때문에 업무상 과실치상은 벌금 500만 원으로 하되 벌금형의 집행유예가 선고되었다. 피고인의 면허가 취소되지 않으면서도 이미 냈던 벌금을 돌려받을 수 있게 된 것이다.

심부전이 올 수 있다는 의사의 만류를 뒤로하고 종일 법정에 앉아 재판받을 수 있었던 힘은, 아들에게 부담을 줄 수 없다는 악착같은 마음에서 나온 것일 테다. 재판이 끝나고 피고인을 부축해서 법정 밖으로 나오니 아들이 불안한 눈빛으로 우리를 살피며 엉거주춤 일어났다. 그녀는 아들을 안고 소리 없이 울었다. 아들은 이제는 자신보다 작아진 엄마의 등을 위아래로 쓸어내렸다. 돈이 없어서 고생하면서 살아도 서로에게 힘이 되어주며 아끼는 모자의 모습을 보니 부족한 게 없어 보였다.

어느 날, 같은 사무실 동료 변호사가 교도소에 접견을 가기 위해 법원 앞에서 택시를 탔는데 기사님이 여자였다고 한다. 기사님은 승객이 변호사임을 알고는 내 이름을 말하면서 혹시 그 변호사를 아느냐고 물었다. 자신은 변호사를 태울 때마다 그 변호사 이야기를 한다면서 말이다.

동료 변호사가 자신의 절친이라고 답하자 기사님은 나에 대해 "내가 인생에서 가장 어려울 때 만난 사람이고 다시 밥벌이를 찾아준 사람"이라고 말했다고 한다. 나중에 늙으면 흔들의자에 앉아서 떠올릴 고마운 이름들 가운데 첫 번째라고 말이다. 중년의 여성 택시 기사는 무죄를 받고 면허가 취소되지 않음으로써 훗날 개인택시까지 인수할 수 있었다.

나는 그녀가 건강을 회복하고 다시 운전대를 잡은 것만으로도 행복했다.

잊어버린 것과 잃어버린 것

　　겨울에는 노숙인이 생계형 절도를 저지른 사건이 많이 들어온다. 이번에도 한 노숙인이 소주 한 병을 훔쳐 내게 왔다. 일흔이 다 되어가는 피고인은 비슷한 절도 전과로 항소심 재판을 받고 있었다. 재판 기록에는 1심 판결문이 붙어 있었는데, 양형 이유에는 '치매를 앓고 있는 것으로 보이는 점'이라는 문장이 나타나 있었다.

　　나를 만나러 접견실로 들어오는 피고인의 표정은 내 아

이가 낮을 가리던 시절 타인을 만났을 때 경계하는 표정과 같았다. 미간을 잔뜩 찌푸리고 이 사태가 대체 무슨 영문인지 파악하려고 애쓰는 모습이었다. 피고인에게 공소장을 보여주니 전혀 기억이 나지 않는 일이라고 했다. 기록 내 CCTV 사진을 보여주니 그는 자신이 물건을 훔치는 모습을 보고 놀라워했다.

그의 모든 대답은 "모르겠다"였다. 영치금이 있느냐는 질문에도, 식사는 하셨냐는 질문에도, 연세가 어찌 되는지 묻는 질문에도, 가족 관계를 묻는 질문에도 그의 대답은 모르겠다는 한마디로 정리되었다. 이쯤 되니 그가 자신의 인생 자체를 모르는 게 아닐까 하는 의심이 들었다. 두리번거리며 경계하는 피고인의 모습은 두려움으로 가득 차 있었다. 기억을 잃은 그에게는 매 순간이 새롭고 알 수 없는 사건의 연속일 것이었다.

재판 당일, 법정에서 판사가 피고인에게 "항소심에 사건이 하나 더 있는 거 아시지요"라고 말하니 피고인은 역시나 모른다고 답했다.

"항소심에 사건이 하나 더 있어요. 오늘 선고해 드릴 테니 변호사님이 항소 좀 도와주세요. 피고인, 항소심에 재판받는 것이 있어요. 그 사건이랑 이 사건이랑 합쳐서 같이 해달라고 하셔야 되세요. 아시겠지요."

여러 사건을 따로 재판받으면 형량이 늘어난다. 사건을 합쳐서 한꺼번에 재판받는 게 유리하기 때문에 판사는 이 사건도 빨리 항소심으로 넘어갈 수 있도록 재판하는 날 바로 선고한 것이다. 피고인은 다른 재판도 받고 있다는 사실마저 모르고 있었다. 법정에서도 계속 미간을 찌푸리며 두리번거렸다. 그는 자신이 이 법정에 왜 서 있는지조차 모르는 듯 당황스러워했다.

접견 당시 그에게 물었다

"선생님, 출소하면 짐을 찾으러 가야 하는 곳은 어디에요?"

피고인이 말없이 한참을 생각하다가 고개를 들어 심각한 얼굴로 말했다.

"모르겠어요."

"선생님 성함이 어떻게 되세요?"

"김○○이요."

"맞아요. 그럼 부모님 성함 기억나세요?"

다시 피고인의 얼굴이 심각해졌다.

"모르겠어요……."

징역살이를 마치고 출소하는 날 그는 어디로 갔을까. 어디로 가야 할지 몰라 교도소 앞에서 망설이지 않았기를, 또다시 길거리를 배회하며 많은 걸 잊어가도 자신의 이름은 잊지 않기를 바랐다.

잊어버리는 일은 비단 나이와는 상관이 없다. 현재 40대 중반인 나와 나이가 같은 피고인을 만난 적이 있다. 그녀는 주운 신용카드로 편의점에서 과자를 사 먹었다. 피고인은 정신장애 1급, 하지신체장애 1급이었다. 어린 시절 어머니는 집을 나갔고 아버지는 술을 마시면 피고인에게 폭력을 휘두르고 학대했다. 그녀는 성인이 된 이후에는 주로 노숙을 하면서 살았다.

그녀는 나에게 잘못한 것 모두 인정할 테니 빨리 구치소에서 내보내 달라고 했다. 남자 친구인 동욱이가 자신을 기다린다는 것이었다. 피고인은 비슷한 잘못으로 받은 집행유예 기간이었기 때문에 징역형이 선고되어 나갈 수 없을 가능성이 컸다.

사건 기록에 있는 피고인의 주민등록번호를 유심히 보니 생일이 다가오고 있었다. 대체 언제 나갈 수 있냐고 묻는 피고인에게, 아무래도 이번 생일은 지나야 될 것 같다고 답했다. 그러자 그녀가 어리둥절한 표정을 지었다.

"생일이요?"

내가 재빨리 "실제 생일하고 주민등록상 생일이 다른가 봐요? 나는 주민등록번호로 나와 있는 날이 실제 생일인 줄 알고……"라고 말을 이어가니 피고인이 또다시 물음을 던졌다.

"뭐라고요? 실제 생일이요?"

"집에서 생일 축하하는 날 있잖아요. 미역국 끓여 먹는 그런 날이 몇 월 며칠이에요?"

"생일 축하한다는 말 들어본 적 없는데요?"

피고인은 왜 태어났냐는 말은 들었어도 생일 축하한다는 말은 살면서 들어본 적이 없었다. 어느 순간 그녀 역시 자신의 생일날을 잊어버렸을 테다. 그녀에게 생일 케이크는 존재하지 않는 음식이었고, 미역국은 무료 급식소에서 나오는 날 먹는 음식이었다.

괜히 생일 이야기를 꺼낸 것이 미안했다. 나는 생일을 앞둔 피고인에게 생일날 먹고 싶은 게 있으면 넣어주겠다고 말했다. 그녀는 특정 감자 과자를 꼭 먹고 싶다고 했다. 나는 그 과자가 있으면 넣어주겠다고 약속하고 구치소 민원봉사실에 가보았지만 그 과자는 구매 식품 항목에 나와 있지 않았다.

할 수 없이 다른 과자를 넣어주고 며칠 뒤 재판에 나갔다. 판사는 재판 날 이틀 뒤로 선고 기일을 잡았다. 이후 선고 결과를 보니 미소가 지어졌다. 결과는 벌금 300만 원이었다. 선고 기일에 피고인은 벌금을 내지 않고 석방되었다. 구치소에 구금되어 있는 기간을 1일당 10만 원으로 계산해서 벌금형에서 공제하는데, 피고인이 선고받던 날은 구속된 지 30일째였기 때문이다.

그녀는 다가오는 생일에 자기가 좋아하는 과자를 남자 친구와 함께 먹으면서 보낼 수 있게 되었다.

좋은 날이 올 거라고 생각해요

지하철역 에스컬레이터로 들어가는 길목에 한 여성이 털모자를 쓰고 단정한 옷을 입고 앉아 있었다. 무릎을 끌어안고 멍하니 앉아 있는 그녀의 옆에는 표지판이 있었다. '저는 염증이 있어서 매일 만 원 이상의 치료비가 필요합니다. 도와주세요.'

그녀의 눈은 바닥을 보고 있지 않았다. 오가는 사람들을 보고 있었는데 망연자실한 눈빛이었다. 비록 구걸을 하고 있었지만 옷은 깔끔하게 차려입고 앉아 있었다. 불쌍하게 보이려고 일부러 노력하지 않은 것 같았다.

그날 나는 교통비 조로 10만 원을 주는 회의에 참석하러 가는 길이었다. 아직 받지 않은 10만 원을 나는 그녀에게 쓰기로 마음먹었다. 대단한 이유는 없었다. 그저 내가 줄 수 있는 것을 줌으로써 그녀가 조금은 행복해지기를 바랐다. 곧바로 현금지급기가 있는 곳에 가서 돈을 뽑았다. 그러고 나니 이런저런 생각이 들었다. 저 사람에게 사실 염증이 없을 수도 있다는 생각도 들고 그녀의 행색이 초라하지 않은 것에도 의구심이 들었다.

나는 주머니에 손을 넣고 현금을 만지작거리며 조금씩 그녀에게 향했다. 동시에 매의 눈으로 그녀를 살폈다. 그러다 정말 염증이 없는데도 이 추운 날 차가운 길바닥에 엉덩이를 대고 구걸하는 것이라면 그것 자체로도 가여운 일이라는 생각이 들었다. 몸에 염증이 없으면 마음에 염증이 있는 것이었다.

나는 생각을 접어두고 돈 통에 10만 원을 내려놓은 다음 그녀 가까이에 다가가 "힘내세요"라고 속삭였다. 그때 마스크에 덜 가려진 그녀의 상처가 보였다. 피부가 벗겨지고 괴사되기 직전의 상태였다. 아까는 그녀의 몸에 진짜 염증이 있어야 한다고 생각했는데, 진짜 염증을 보는 순간 차라리 내가 속는 게 더 나았다는 생각이 들었다. 그리고 이내 지금 이 순간 내가 무언가를 줄 수 있다는 사실이 다행스러웠다.

기차역에서 노숙하던 중년 남성은 여러 편의점에서 생수와 컵라면, 찹쌀떡, 소주를 훔친 다음 신발 가게에서 털신을 훔치다 걸렸다. 먹지도, 신지도 못하고 모두 빼앗겼지만 그는 최근 몇 년간 비슷한 생계형 절도를 반복해서 곧바로 구속되었다. 생수로 절도죄 하나, 컵라면으로 절도죄 하나, 찹쌀떡으로 절도죄 하나 등 여러 절도 사건이 병합되어 있었다.

피고인에게 비슷한 절도 전과는 이미 다섯 건이나 있었다. 그런데도 추가로 기소되어 병합된 이번 사건에 대해 검사가 엄히 처벌되는 가중처벌법이나 상습절도죄가 아니라 단순절도죄로 기소한 것은 피고인을 측은히 여겼기 때문일 것이다.

변호인 접견실로 들어오는 피고인을 보니 손톱이 손가락 반 마디만큼 길어 있었다. 그의 마스크 사이로 긴 수염도 길게 삐져나와 있었다. 영치금이 없어서 손톱깎이와 일회용 면도기를 구입할 수 없었을 것이다. 수용자들이 비누는 빌려줘도 위생 때문에 손톱깎이와 일회용 면도기는 잘 빌려주지 않기에 손톱과 수염을 깎기가 쉽지 않았을 테다.

그는 오랜 시간 한 지하철역에서 노숙을 하며 사계절을 보내왔지만 작년 겨울부터는 견디기가 어려웠다고 말했다.

"이번 겨울부터는…… 견딜 수 있을지 모르겠습니다."

노숙도 나이와 건강에 따라 견딜 수 있는 힘이 다른 것이다.

그는 배가 고파서 편의점에서 떡과 물을 훔치려고 했고, 신발 가게를 지나다가 따뜻한 신발을 신고 싶다는 생각이 들어서 신어보았다고 했다. 예전에는 순대 국밥집을 했지만 사업 실패 이후 아내와 이혼하고 거리의 삶을 살기 시작했다는 그는 갈 곳이 없으니 출소 후에도 매번 같은 자리로 돌아간다고 했다.

나는 실례되는 질문이라는 걸 알았지만 그의 생각이 궁금해서 조심스럽게 물었다.

"춥고 배고픈 지하철역이 나아요, 자유는 없지만 이부자리가 있고 하루 세끼 식사를 주는 교도소가 나아요?"

"다 장단점이 있어요."

그의 대답에 나는 교도소에는 무슨 장점이, 지하철역 길바닥에는 무슨 장점이 있는 걸까 하고 속으로 되뇌었다. 피고인은 불운이 끊이지 않는 자신의 인생을 담담하게 풀어놓았다. 말없이 듣고 있는 내게 그가 마지막으로 한 말은 정말 뜻밖이었다.

"저는 그래도 견디면서 살다 보면, 좋은 날이 올 거라고 믿어요."

일흔이 다 되어가도록 손톱깎이와 일회용 면도기를 살 돈도, 돌아갈 방 한 칸도 없는 사람의 인생에 다가올 좋은 날은 어떤 날일지 궁금했다.

나는 교통사고 이후 트라우마 때문에 운전을 하지 않아

서 걸어 다니거나 대중교통을 이용한다. 그즈음 더운 날에 구치소까지 걸어서 접견 가는 것도 힘들었고 코로나19로 학교에 가지 않는 아이를 돌보면서 일하는 것도 고되었다. 뜻하지 않은 일상의 일들로 마음이 내내 불편하고 바닥에 붙어 있는 듯했는데, 그의 마지막 말이 나에게 다시 털어내고 일어날 수 있는 힘을 주었다.

'그래. 좋은 날이 오겠지. 아니, 나는 매일이 좋은 날이지!'

나의 좋은 매일을 위해 기도해 주는 피고인이 있었다. 불자인 나를 위해 독실한 크리스천이 해주는 그 기도가 반가웠다. 그는 자기가 생각하는 가장 좋은 것을 나에게 주려고 하는 것이기 때문이다.

나는 늘 내가 주는 사람이라고 생각했다. 법적 지식과 시간, 마음, 때로는 애정까지 나만이 피고인들에게 항상 무엇을 주고 있다고 생각해 왔다. 하지만 때때로 나도 그들에게 이런저런 마음과 위안, 용기와 힘 등 무형의 선물을 받는다. 종종 예상치 못하게 받는 이런 선물은 또다시 내 속을 주는 마음으로 가득 채운다.

우리는 모두 위로가 필요할지도 모른다

다른 변호사가 맡은 사건의 국민참여재판을 함께 진행한 적이 있다. 신문할 증인 수가 많고 사건 기록이 방대해서 재판 당일만 일부 업무를 분담하는 의미에서 추가로 변호인 선정이 되었다.

가끔 그런 사건이 있다. 어떤 행위를 했다 또는 안 했다를 두고 다투는 게 아니라, 어떤 행위를 한 것은 맞는데 이것이 처벌할 일이냐가 쟁점이 되는 사건이다. 이번 사건이

여전히 변방에 서서

그랬다. 그 사건을 맡은 담당 변호사도, 나도 직업을 떠나한 사람의 시민으로서는 그 사건이 무죄가 되어야 한다고생각했다. 법이 이런 사람 처벌하라고, 이런 행위를 처벌하라고 만들어졌나 하는 고뇌가 그 사건을 처리하는 내내이어졌다.

법적으로 피고인에게는 불리한 요소가 많았다. 일반 재판을 하면 반드시 유죄가 나올 것이라는 확신이 들었다. 유죄가 인정되면 그는 구속되어 장기간 징역살이를 할 수도있고, 삶이 망가질 만한 여러 제약이 부가될 수도 있었다.

담당 변호사는 피고인을 처벌하는 게 일반 국민의 법감정에 부합하는지, 그리고 피고인의 행위를 범죄라고 할 수있는지를 평범한 국민의 시각에서 판단받기를 원해서 국민참여재판으로 진행하기로 결정했다. 여러 증인을 신문하고 피고인도 신문하느라 상당한 시간이 소요되었다. 증거로 제출된 CCTV 영상을 보는 일만 해도 수 시간 넘게걸렸다.

피고인의 운명이 걸린 재판 당일, 먼저 배심원이 선정되었고 검사와 공방을 계속하다가 증인신문으로 이어졌다. 재판이 진행되는 동안 배심원이 우리에게 호의적인 눈빛인지를 살피고, 허를 찌르는 검사의 논리에 마음속으로 암담해하기도 하고, 적대적인 증인의 태도에 마음이 불편하기도 했다. 재판부의 한 마디, 한 마디가 우리에게 불리한 예단이 아닌지 염려도 되었다.

재판은 예상보다 길어졌고 저녁이 되자 잠시 휴정했다. 그 자리에 있던 모든 사람이 재판정을 빠져나가 일상적으로 저녁 식사를 하고 돌아온 다음 재판은 계속되었다. 밤 9시가 넘고 10시가 다 되어가자 모두 지친 얼굴이었지만 각자가 맡은 일을 충실히 해내고 있었다.

어둠이 내려앉은 지 오래인 바깥과는 대조적으로 불빛으로 환한 재판정은 사람들의 얼굴을 또렷하게 보여주었다. 그들의 얼굴을 하나하나 둘러보니, 당장 법정 구속이 될지 알 수 없는 운명에 처해 있는 피고인도, 누군가의 엄마 아빠일 테지만 격무에 시달리느라 집에 들어가지 못하고 자주 이렇게 야근할 검사와 재판부도, 무려 열두 시간째 앉아서 재판 과정을 지켜보느라 지쳤을 배심원들도,

장시간 힘든 신문과 변론을 하고 있는 내 동료 변호사와 나까지 우리 모두 힘을 내야 하는 한 사람으로 느껴졌다.

우리는 각자 인생과 일상의 무게를 가지고 자기만의 사막을 건너고 있는 중이었다. 그러던 와중에 우연히 이 법정에 모인 것이었다. 각자가 위치해 있는 자리에 따라 입장은 다르지만 하나의 일을 위해 이 공간에 함께 있다는 사실에 알 수 없는 연대감이 들었다.

이날 내가 증인신문을 하는 동안 친정아버지는 폐를 절제하는 암 수술을 하고 있었고, 엄마가 평소보다 늦게 오자 아들은 무작정 자전거를 타고 내 사무실로 향하고 있었다. 엄마이자 아내이고 누군가의 형제자매이자 지인으로서의 위치를 실감하게 하는 일상 문자가 확인할 수 없는 휴대폰에 쌓이고 있었다. 저녁 식사 시간에 잠깐 통화가 된 아들은 아직 재판을 마치지 않았으니 집으로 돌아가라는 내 말에 울음을 터트렸다. 법정에 차분히 앉아 있으면서 내 마음은 잠깐 아버지 병실도 다녀오고 아들이 어둠 속에서 돌아갔을 어느 길을 더듬기도 했다.

재판이 끝나고 피고인에게 무탈하게 된다면 연락을 해
달라고 당부의 말을 남겨놓고 집으로 향했다. 도착해서 시
계를 보자 밤 11시가 다 되어 있었다. 침대에 누워서 피고
인의 미래를 생각하니 잠이 오지 않았다. 새벽 1시 30분,
피고인에게 무죄를 받았다는 연락이 왔다. 잘되었다고 답
하는데 긴장이 풀리면서 눈물이 핑 돌았다. 재판과 동시에
진행되던 아버지의 수술 때문이었는지 피고인의 사활에
내 아버지의 명운이 걸린 것처럼 의지한 모양이었다.

　언젠가 구치소로 접견을 갔을 때 피고인이 눈물을 흘리
며 하소연하면서 했던 말이 있다.
　"제가 얼마나 힘들게 살았는지, 그런 걸 겪어보지 못한
변호사님이 알 리가 있겠어요."
　사람에게는 다 각자가 스스로 겪어내야 하는 어려움의
총량이 있다. 형태만 다를 뿐이지 각자의 몫인 슬픔과 고
통, 난관과 어려움이 있는 것이다. 마냥 편안하게 보이는
사람에게도 치러야 하는 어려운 숙제 같은 일이 있고, 씩
씩하게 걸어 다니는 듯한 사람에게도 조금 더 힘이 필요한

사정이 있을지도 모른다.

　그래서 우리는 서로를 잘 알지 못할지라도 조금씩 보듬어주면서 살 필요가 있다. 어쩌면 우리 모두 위로가 필요한 사람인지도 모른다.

갑질 간섭기

아파트 경비원에 대한 주민의 갑질이나 직장 내 갑질 행위에 관한 기사를 종종 본다. '갑질'이란 어떤 권력관계에서 우위에 있는 사람이 약자의 지위에 있는 사람에게 부당한 행위를 하는 것을 의미한다.

내가 사는 아파트의 체육 시설에는 사우나가 있다. 사우나 입구에는 체육 시설 관리도 하고 탈의실 사물함 열쇠를 나누어 주는 일을 하는 관리 사무소 직원이 있다. 작은 부스 안에서 일을 하는 여직원은 앳되 보였다.

어느 날 사우나를 끝내고 탈의실에서 옷을 입고 있는데, 밖에서 난동에 가까운 괴성이 들렸다. 욕설과 고성, 폭언이 난무했다. 그 목소리가 너무 무서워서 손이 벌벌 떨릴 정도였다. 체육 시설에 만취한 사람이 들어온 걸까 하고 대체 무슨 일인지 싶어 귀를 기울였다. 고성은 일방적이었다. 한 사람만 계속해서 소리를 질렀고 상대하는 대답은 들리지 않았다. 주변에서 말리는 소리 역시 들리지 않았다.

나는 상황 파악을 위해 재빨리 옷을 추켜 입었다. 혹시누군가 피해를 입는 상황일 수도 있겠다 싶어 신고를 위해손에서 휴대폰을 놓지 않았다. 밖으로 나가 보니, 고성을 지르고 있던 사람은 젊은 여자였다. 그 옆에는 남편으로 보이는 남자가 서 있었다. 그녀의 남편은 "우리 와이프가이만저만해서 화가 난 것이 아니냐"는 식으로 관리 사무소직원을 책망하듯 말하며 거들었다.

그녀는 직원에게 반말로 소리 지르고 있었고, 그녀의 손가락은 연신 직원을 향하고 있었다. 직원은 선 채로 고개를 숙이고 있었다. 나는 대체 직원이 무슨 잘못을 했기에 사람이 저 정도로 광분하나 싶어서, 사건 내용을 파악하기 위해 근처 자판기에서 음료수를 뽑는 척하면서 귀를 쫑긋했다.

그 주민은 직원이 자신에게 키를 줄 때 공손하지 못했다는 태도를 탓했고, 직원은 그러지 않았다고 항변했다. 사실 별일이 아니었다. 하지만 그 주민은 굉장히 흥분한 상태로 네가 여기 사장이냐부터 해서 이제 여기서 일하지 못하게 하겠다는 협박도 서슴지 않았다.

이 혼란스러운 상황을 건너편 골프 연습장에 있는 주민들도 지켜보고 있었다. 하지만 그들은 스윽 쳐다만 볼 뿐 금세 제 할 일에 몰두했다. 직원의 실수로 주민이 아주 단단히 화가 났나 보다 하고 단순하게 생각하는 듯했다. 그 장면을 계속해서 목격하고 있던 나의 시각은 좀 달랐다. 끝이 나지 않는 주민의 폭언을 들으면서 속으로 생각했다.

'이 정도로 지속적이면 업무방해죄인데? 가까이 다가가서 삿대질이면 폭행죄. 어? 막말을 하네? 이건 명예훼손죄.

욕설까지 하네? 모욕죄 추가……'

나는 싸움을 말리다 함께 휘말려 쌍방 폭행 등의 죄목으로 형사재판을 받는 사람을 많이 보았기에 일단 직접 개입하는 행동은 삼갔다. 뜯어말리기에는 주민이 지나치게 격분한 상태라 주변을 맴돌며 매의 눈으로 모든 상황을 지켜보고 있었다. 고성을 지르던 주민의 목소리도 어느새 낮아졌다. 그러나 그녀가 직원에게 남기고 간 말은 낮아진 목소리와는 전혀 상관없었다. "두고 보자"는 짧은 말은 참으로 무시무시했다.

나는 우두커니 남아 서 있던 직원에게 다가가 괜찮냐고 물었다. 당연히 괜찮지 않았을 테다. 나의 물음이 끝나자마자 직원은 서러운 듯이 울었다. 그 울음에는 남겨진 상처도 있었겠지만 앞으로 다가올 일에 대한 걱정도 있었다.

"제가 다 봤어요. 문제가 생기면 제가 본 사실대로 말씀드릴 수 있어요. 걱정하지 마세요."

직원에게 내 휴대폰 번호와 내가 사는 곳 동, 호수를 적어 주었다. 곧 필요해질 것이라고 생각했다. 그리고 며칠 뒤 낯선 번호로 전화가 걸려왔다.

전화 너머 목소리의 주인은 관리 사무소 직원이었다. 그 주민이 관리소장과 입주자 대표에게 그날의 일에 대해서 알리고 사과와 해고를 요구한다는 것이었다. 또 아파트 커뮤니티 홈페이지에도 그 일에 대해 글을 올리겠다는 것이었다. 직원은 주민이 일방적으로 당한 것처럼 사실관계를 왜곡하고 있으니 체육 시설 센터장 그리고 관리소장과 통화를 해달라고 도움을 요청했다.

직원의 요청에 따라 나는 그녀의 상사들과 통화를 해서 내가 본 사실 그대로 이야기해 주었다. 그리고 그 주민은 형사처벌감인 행동을 하고도 직원에게 사과를 하지 않았는데, 직원이 왜 주민에게 사과를 해야 하느냐고 물었다. 만약 왜곡된 사실로 커뮤니티에 글이라도 올린다면 내가 반박하겠으며 직원을 이 일로 해고하는 것은 '주민 갑질 사례'라고 분명하게 강조했다. 나는 그 주민이 사과와 해고를 압박하면 내가 한 말을 그대로 전해달라고 했다. 자기 자식한테 해도 아동학대로 처벌받을 만한 행동을 남의 집 귀한 자식에게 했다고 말이다. 그리고 며칠이 지나고 문자 한 통이 도착했다.

여전히 변방에 서서

"그때 괜찮냐는 말을 건네주신 것만으로도 충분히 감사한데 이런 일로 번거롭게 해드리고……. 정말 감사합니다."

지금까지 그 직원은 계속 사우나 앞 부스에서 일하고 있다.

함께 살아가고 있습니다

한창 넷플릭스 드라마 〈오징어 게임〉의 반응이 뜨거웠을 때 나 역시 대세에 따랐다. 오징어 게임 참가자 가운데는 외국인 노동자 '알리'가 있었다. 화면 속 그의 서사를 함께하다 보니 이전에 내가 맡았던 외국인 노동자 엠디카의 사건이 떠올랐다.

청년 엠디카는 면허 없이 오토바이를 운전하여 무면허 운전죄로 기소되었다. 엠디카는 친구가 운전하는 오토바이 뒤에 타고 도시 외곽에 있는 또 다른 친구의 집으로 향하고 있었다. 그러다 좁은 국도에서 오토바이가 넘어지면서 운전하던 친구가 크게 굴렀다. 친구의 얼굴은 온통 피투성이였다. 이는 온데간데없었고, 코피는 멈추지 않았다. 어디에서 나오는지 모를 피가 얼굴 전체에서 계속해서 흘러내렸다. 엠디카 역시 다쳤지만 친구보다는 덜했다.

엠디카는 친구를 챙긴 다음 오토바이를 손으로 끌고 근처 주유소로 향했다. 그는 주유소 직원에게 택시를 불러달라고 요청했지만 직원은 외진 도로에 있는 곳이어서 택시가 오지 않는다고 말했다. 엠디카는 직원에게 휴지를 빌려 피가 멈추지 않는 친구의 코만 겨우 막은 다음 가장 가까운 병원으로 향하기로 했다. 버스 정류장은 멀었고 오토바이를 계속 손으로 끌고 걷기는 무리였다. 결국 엠디카는 친구를 오토바이에 가까스로 태우고 직접 운전대를 잡았다. 병원을 향해 가기 시작한 지 얼마 되지 않아 엠디카와 친구는 경찰에게 붙잡혔다.

고향에서는 아픈 부모님을 비롯한 가족들이 한국에서

일하는 엠디카만 바라보며 어렵게 생활하고 있었다. 그가 벌금형 이상을 선고받으면 외국인에 대한 출입국의 허가를 증명하는 사증이 연장되지 않아서 체류를 연장하거나 또다시 한국으로 입국하는 일이 어려울 수 있었다. 그래서인지 엠디카는 별 논리도 없이 필사적으로 무죄라고만 주장했다.

죄가 성립되기 위해서는 그 행위에 '위법성'이 있어야 하는데, 우리 형법에는 타인의 법익을 보호하기 위한 행위로써 위법하지 아니하게 되는 '긴급피난'이 규정되어 있다. 그런데 긴급피난에는 다른 수단이 없어야 한다는 '보충성'이라는 요건이 있다.

엠디카의 무면허 운전은 친구의 신체를 보호하기 위한 긴급한 행위인 것은 맞다. 하지만 그는 119도 불러보지 않았다. 답답했던 내가 엠디카에게 말했다.

"택시도 안 오고 버스 정류장도 멀면 119를 부르면 되잖아요."

"우리 나라에는 119가 없어요. 언제 부르는지도 몰라요."

"한국에서 이렇게 오래 살았고 공장에서 일도 계속했는

데 119를 부르는 것을 모른다고요?"

"그럼 주유소 직원인 한국 사람은 왜 119 안 불러줬어요?"

어눌한 말투였지만 내용은 분명했던 엠디카의 물음에 나는 잠시 할 말을 잃었다. 검색해 보니 그의 나라에는 정말 국가적인 구급 체계가 없었다. 몇 년 전에 그의 나라에서 구급 체계를 도입하려고 한국에 견학을 왔다는 기사만 발견될 뿐이었다.

나는 엠디카의 주장이 일리가 있다는 생각이 들었다. 그리고 '우리의 법은 무면허 운전으로 처벌받지 않기 위해 피투성이가 된 친구를 버리고 가는 인간 말종을 요구하는 것인가요'라는 취지의 변론요지서를 작성했다. 그의 나라에서 이제야 우리의 119 같은 구급 체계를 도입하고자 다른 나라에 견학을 다닌다는 기사도 자료로 제출했다.

재판 당일에는 사법통역사가 재판 진행에 참여하기로 되어 있었다. 사법통역사란 외국인 범죄인이 경찰 및 검찰 조사나 재판을 받을 때 해당 외국어의 법정 통역을 하는 사람으로서, 사법통역 관련 시험에 합격해야 한다. 피고인이 다른 나라 사람일 경우 국가에서 부담하는 사법통역을 이용할 수 있다. 법정에서는 사법통역사가 판사의 말을 받아서 피고인의 모국어로 통역하고, 피고인이 모국어로 답하면 통역사가 다시 판사에게 한국어로 전달하는 방식으로 진행된다.

엠디카에 대한 사법통역은 우리나라 사람과 결혼하여 정착한 파키스탄 출신의 사람이 맡았다. 한국에서 오래 일한 엠디카는 일상적인 의사소통은 가능했지만, 법률 용어와 법정에서의 언어를 쉽게 이해하기는 어려워서 수사부터 상담, 재판까지 법률 통역 서비스는 계속되었다.

엠디카의 재판 당일, 마찬가지로 법정에서의 모든 말은 사법통역사를 거쳐서 피고인에게 전달되었다.

1. 진술거부권 고지

　재판장: 피고인은 이 재판 진행 중에 진술을 하지 아니

　　　　하거나 개개의 질문에 대하여 진술을 거부할

　　　　수 있고…….

여전히 변방에 서서

통역사: 피고인은 이 재판 진행 중에 진술을 하지 아니하거나 개개의 질문에 대하여 진술을 거부할 수 있고…….

피고인: 네.

2. 피고인 본인이 틀림없는지 확인하는 '인정신문'

재판장: 피고인 이름은 무엇입니까.

통역사: 피고인 이름은 무엇입니까.

피고인: 엠디카입니다.

3. 주소 변동 사실 보고 의무 고지

재판장: 피고인은 재판 기일에는 항상 출석하여야 하고…….

통역사: 피고인은 재판 기일에는 항상 출석…….

이때 갑자기 재판장 앞에 앉아 있던 법원 주사보가 코브라가 바구니에서 쉬이익 하고 나오는 것처럼 어리둥절한 표정으로 엉거주춤 일어났다. 그러고는 마치 암표를 파는 것처럼 은밀하게(그러나 온 법정에 다 들리도록) 재판장에게 말했다.

"지금까지 통역사하고 피고인이 계속 한국말을 했는데요."

재판장이 한국말로 말하면 통역사가 그대로 엠디카에게 한국말로 전하고, 이에 엠디카는 한국말로 대답하고, 다시 재판장은 엠디카의 한국말을 듣고 다음 절차를 진행했던 것이다. 통역사와 엠디카 모두 한국에 산 지 오래되어 한국말이 편했던 모양이다. 주사보가 말하기 전까지는 그 사실을 아무도 인지하지 못하고 있었다. 모두가 멍해졌다. 그러다 통역사, 엠디카, 검사, 재판장 그리고 나까지 모두 일순간에 웃음이 터졌다.

재판은 엄숙하고 진지하게 처음부터 다시 시작되었다. 사법통역사는 재판장의 말을 외국어로 옮기며 제 역할을 했다. 엠디카에게 무죄는 선고되지 않았지만, 재판장은 다친 친구를 버리지 않은 엠디카에게 선고유예의 선처를 해주었다.

이 재판을 위해 엠디카가 소속된 회사의 사장님은 숙련 기술자인 엠디카는 회사에 없어서는 안 될 인재이자 '반장'이고, 엠디카 덕분에 회사의 어려운 시기를 잘 넘길 수 있었다며 선처를 바라는 눈물의 탄원서를 제출했다. 엠디카의 사장님은 〈오징어 게임〉 속 외국인 노동자 알리의 사장님과 다르게 따뜻한 사람이었다.

오늘도 어딘가에서 엠디카와 사법통역사는 버스 정류장에서 자신이 탈 버스가 아니면 한 걸음 뒤로 물러나고 기사님과 시선을 마주치지 않으면서 한국 사람처럼 잘 살고 있을 것이다.

유령 변호사

어느 금요일, 공무집행방해죄로 구속된 피고인을 접견했다. 양극성 정동장애(조울증)가 있는 피고인의 수용자복에 붙은 번호표에는 그가 직접 그려 넣은 십자가가 있었다. 그는 예수님을 영접했다고 말했다.

그를 처음 만난 날, 자신의 억울함을 강하게 호소하면서 무죄 주장을 하겠다는 피고인의 뜻에 따라 나는 무죄를 주장하는 서면을 제출했다. 이후 재판을 위해 기록을 살펴보다가 궁금한 게 생겨 다시 피고인을 만나러 갔을 때 그의 태도는 첫 번째 접견 때와 확연히 달라져 있었다. 그의 얼굴은 모든 걸 내려놓은 사람처럼 보였다. 목소리마저 지나치게 차분했다. 피고인은 망상 증상이 있는 자신의 기억을 믿을 수 없어서 무죄 주장을 하지 않기로 결정했다고 말했다.

망상 증상을 겪는 사람이 자기가 분명히 기억하고 경험한 것으로 느껴지는 일이 망상일 수 있다고 결론을 내리기까지 얼마나 많은 번뇌가 있었을까. 그런 결정에 이르기까지 기억의 화면을 수도 없이 돌려 보며 고민했을 것이다.

먼 과거에 노래방을 운영했었던 피고인은 사업이 망하고 이혼을 하면서 술에 의지하고 정신 질환도 발병했다. 그는 정신병원에 입원하면서 아들을 형에게 맡겼다. 그리고 형은 세 살 된 그의 아들 옷 주머니에 생년월일을 적은 쪽지만 넣어둔 채 보육원에 밀어 넣은 다음 도망쳤다. 그의 아들을 어느 보육원에 두고 왔는지조차 형은 알려주지 않았다. 그는 아들이 보호종료아동이 되어 보육원을 나온 다음에야 아들을 찾을 수 있었다.

피고인에게는 면회를 오는 가족이 없었다. 교도소에서는 주요 감시 대상인 요시찰 수형자로, 감시카메라가 설치된 방에 수용되어 있었다. 망상 증상이 있다는 사실을 누구나 알 수 있는 사람의 말은 그 속에 진실이 있더라도 묵살될 수 있다. 그렇기 때문에 망상 증상이 있는 정신장애인은 약자 중에서도 약자다. 나는 피고인이 주장했던 말들 속에 작은 진실이라도 있다면 그를 위해 최선을 다해보고 싶었다.

그런데 이제 그저 선처만 구해달라는 피고인의 말에서 단호함마저 느껴졌다. 다시 교도소로 찾아온 나에게 그는 국선변호인을 여러 번 오게 해서 미안하고 감사하다고 했다. 내가 걱정스러운 눈으로 바라보자 그가 말했다.

"신을 만났어요. 신이 저한테 말했어요. '너는 전생에 남들이 가지지 못했던 부귀영화와 권세를 누리던 사람이었다. 그래서 이번 생에는 거지로 살게 되었다.'"

피고인은 나에게 해줄 수 있는 게 찬송가를 부르는 일밖에 없다고 하면서 접견실 마이크에 대고 찬송가를 부르기 시작했다. 수용복을 입고 진지하게 찬송가를 부르는 그를 보니 눈물이 났다. 그는 나에게 걱정하지 말라고 했다. 전생에 부귀영화를 누렸으니까 괜찮다고 말이다. 그리고 아들은 보육원에서 고생했으니 이제 좋은 일만 있을 거라는 말을 덧붙였다.

교도소를 나오는 길 내내 나는 아픈 마음을 부여잡았다. 그가 행여 전생에 부귀영화를 누린 게 사실이라고 하더라도, 그 부귀영화에 대한 기억은 없지 않은가.

그의 찬송가를 뒤로하고 곧바로 또 다른 구치소로 향했다. 처음 만나는 피고인과 여러 번 만난 피고인들 모두 다섯 명을 접견하기로 예정되어 있었다. 오전에 있었던 접견으로 힘이 빠져 있는 상태였지만 다시 정신을 똑바로 차리고 한 사람씩 접견을 이어갔다. 하지만 나는 조금씩 지쳐갔다.

마지막 피고인은 특별한 볼일이 있는 사람은 아니었다. 20대 초반의 남자였다. 분명 성인이었지만 어린아이였다. 그는 지난번 접견이 마무리되어 갈 때쯤 다음에 또 자신을 보러 와달라고 말했다. 사건에 대한 정리가 모두 끝난 상황이어서 그 이유를 물었다.

"그냥 사람이 그리워서요."

남자아이는 말을 삼켜서 먹는 듯이 답했다. 그 말을 하기까지 속에서 얼마나 많은 머뭇거림이 있었을지 짐작이 되어 나는 그 주의 수요일 오후에 다시 오겠다고 말했다. 하지만 그날 급한 일정이 생겨서 접견하지 못하고 금요일이 되어서야 그를 만날 수 있었다.

접견실 문이 열리고 모습을 드러낸 피고인은 눈물을 흘리고 있었다. 그는 어린아이처럼 울면서 내게 다가왔다. 피고인을 데리고 온 교도관은 웃으면서 피고인이 통과해 온 문을 닫아주고는 나갔다. 그는 쑥스러운 듯 고개를 옆으로 돌리고 앉아 말했다.

"아…… 진짜 왔네. 안 올 줄 알았는데."

그 짧은 문장 속에서 나는 약속을 지키지 않은 수많은 어른을 발견할 수 있었다. 감당할 수 없는 불신이 그의 삶을 고단하게 만들었을 테다.

국선변호인으로서의 어떤 경험은 내가 사회의 안전망

을 짜는 일을 하고 있으며, 누군가의 보호자가 될 수 있다는 생각을 하게 해준다. 그 생각은 나에게 힘이 된다. 그리고 그 힘은 아파트 아래에 박힌 파일처럼 단단한 자존감을 가지게 해준다. 많은 피고인이 조금씩 나에게 보태준 힘은 때때로 진도 7.5 강도로 나를 흔드는 피고인을 대할 때 도움이 된다.

구속 피고인의 옆에서 변론을 마치고 법정을 나올 때 피고인의 지인들이 나를 따라붙는 경우가 있다.

"○○○가 변호사를 선임했어요?"

"네, 제가 국선변호인입니다."

"국선이세요? 아, 변호사가 없어요?"

이런 말을 들을 때 나는 돌려줄 말을 쉽게 찾지 못한다. 어떤 피고인은 법정에서 최후진술을 할 때 변호인인 내가 옆에 앉아 있는데도 "돈이 없어서 변호사도 없이 재판받고……"라고 말하며 나를 유령으로 만든다.

구속되지 않은 상태에서 재판을 받던 한 피고인은 재판을 마친 후 나에게 자신의 다른 사건을 사선변호인으로 맡아달라고 부탁했다. 그는 내가 국선변호사니까 다른 사건도 용돈 정도의 수임료로 맡으면 되겠다는 식으로 말했다. 국선전담변호사인 내가 개인적으로 사건을 수임할 수 없는 이유를 설명했지만, 그는 자신이 제안하는 수임료가 적어서 내가 돈을 더 타내기 위해 '밀당한다'고 오해했는지 나를 졸졸 따라오며 "변호사님 사려면 얼마면 돼요"를 반복했다.

"그러니까 얼마면 하겠다는 건데요."

"아, 100억을 주셔도 할 수 없다니까요."

내 말에 그는 어이없다는 듯 입가를 그리며 '너 뭐냐' 하는 눈빛을 보였다.

저요? 국선변호사입니다.

국선변호인의 장점

"훌륭한 사람도 본다."

한 사람을 구성하는 모든 측면이 훌륭한 사람이 세상에 얼마나 될까. 이름난 위인 역시 모든 면에서 평범한 사람보다 훌륭하기는 어렵다. 이와 마찬가지로, 형사재판을 받는 피고인도 모든 면에서 잘못 살았다고 볼 수만은 없다. 죄는 꼭 사람이 악하거나 나빠서 짓는 게 아니다. 때때로 발생하는 경솔함 때문에, 잘못된 인연 때문에, 원치 않았던 환경 때문에 사람은 죄를 짓기도 한다.

면허 없이 오토바이를 탄 죄로 기소된 김수철의 사건을 맡았다. 그는 상담 약속 시간이 한참 지나도 오지 않았다. 기다리다 보니 김수철이 숨을 가쁘게 쉬며 사무실로 들어왔다. 작은 키에 얼굴은 햇볕에 잔뜩 그을렸는지 어두웠고 옷차림은 남루했다. 이는 거의 남아 있지 않았고, 손톱에는 때가 껴 있었다. 그는 간판을 읽지 못해서 사무실을 찾는 데 힘들었다고 말했다.

김수철은 부모 형제 없이 고아로 자랐으며 지금도 결혼하지 않고 혼자 살고 있었다. 초등교육을 비롯해서 아무런 교육도 받지 못해서 글을 쓸 수도, 읽을 수도 없었다. 그가 쓸 수 있는 유일한 글자는 자기 이름 석 자였다.

김수철은 무면허로 오토바이를 탄 것을 반성하고 있었고 이제 오토바이는 타지 않겠다고 했다. 그는 산에서 칡을 캔 다음 즙으로 만들어 시장통에 앉아 파는 일을 하는데, 오토바이는 칡을 싣고 시장으로 이동하는 용도였다고 했다. 내가 문맹도 구술시험 방식을 통해 오토바이 운전면허 시험을 볼 수 있다고 하니 그가 놀랐다. 전혀 몰랐던 것이다.

연신 다급한 그의 몸짓에 나는 식사는 하고 왔냐고 물었다. 김수철은 대충 먹었다고 말했다. 그가 말하는 대충 식사란 과자와 물을 한입에 털어 넣는 것이었다. 요즘 돈을 잘 벌지 못했기 때문이다. 그래도 김수철은 자신에게 여전히 일할 힘이 있으니 국가의 도움을 받지 않고 스스로 일해서 생계를 유지하고 있다고 말했다.

그에게 다른 전과는 없었다. 돈이 없어서 과자와 물로 끼니를 때우면서도 남의 음식을 훔치지 않았고, 사는 게 힘들다고 다른 사람을 때리거나 다치게 하지도 않았다. 시비가 붙어서 조사받은 내역도 없었다.

김수철의 기록과 말에서 더 가지고 더 배운 사람들보다 다른 사람에게 덜 피해를 주고 덜 상처주는 삶을 엿볼 수 있었다. 업적을 세워서 추앙받고 있지만 인품은 볼품없던 사람이나, 부유하고 지적이지만 남의 것을 탐하거나 다른 사람의 피해에 무감각했던 사람보다 그가 더 훌륭한 사람임을 의심치 않는다.

내가 만나는 모든 형사 피고인이 불한당인 것은 아니

다. 개중에는 분명 위인도 있다. 위인이 따로 있는 게 아니
다. 어려움을 극복하면서 평범한 일상을 살아가는 많은 사
람이 위인이다. 나는 김수철이 입고 있는 그물 조끼 주머
니에 두유를 넣어주었다. 그러고는 그의 얼굴 앞에다 엄지
척을 날리니 그가 소리 내어 웃었다. 그 살랑거리는 웃음
소리와 함께 방을 나서는 피고인의 뒷모습이 마치 나비 같
았다.

　"좋은 사람을 많이 본다."
　사람들은 보통 형사사건 변론만 하는 국선변호인은 나
쁜 일과 불행한 일만 본다고 생각한다. 하지만 나쁜 일과
불행한 일 속에서 더 많은 것을 볼 수 있다.
　변방에 서 있는 이들과 함께하는 일에서는 다양한 사람
을 만난다. 장애인이 재판에 출석하는 것을 돕는 사회복지
사도 만나고, 노숙하다가 생계형 절도를 저지른 청년에게
일자리 정보를 주고 밥을 사주며 격려한 경찰도 자주 보
고, 말하지 못하고 듣지도 못하지만 수화를 배운 적이 없
는 피고인의 재판을 돕기 위해 선정된 통역사가 법정에서

여전히 변방에 서서

피고인이 이해할 수 있도록 마치 아기에게 설명하듯 다양한 몸짓으로 소통을 하는 모습도 종종 본다.

나의 동료 국선변호사 사건에서는 여성 피고인이 출산 후 출생신고를 하지 않은 것을 알게 된 검사가 사건 기록에 "변호사님, 피고인 아이의 출생신고 부탁드립니다"라는 메모를 붙여놓았다고 한다. 그것을 본 국선변호사가 아이의 이름을 지어서 직접 출생신고를 해주었다. 검사와 국선변호인이 한 아이가 이 사회에서 유령으로 살지 않도록, 국가와 사회의 보살핌을 받을 수 있도록 합심한 것이다.

피고인에게 돈을 받지 않지만 사람에 대한 애정을 잃지 않고 피고인을 위해 열심히 변론하는 국선전담변호사를 많이 보았다. 특히, 프레젠테이션 자료 작성 같은 재판 준비가 많이 필요하고 하루 종일 재판이 진행되며 일반 국민인 배심원을 구두변론으로 설득해야 하는 국민참여재판의 대부분을 국선전담변호사가 하고 있다.

자신을 스스로 지키기 어려운 사람의 곁에 있다는 사실, 그리고 나와 비슷한 생각을 가지고 있는 사람을 많이 만난다는 사실은 나에게 안정감을 가져다준다. 나에게 아무런 금전적 이익을 주지 않는 사람을 도우면서 그 사람을 나의 온 마음으로 온전하게 대할 때 느껴지는 정신적인 자유는 말로 표현하기 어렵다. 이는 내가 국선변호사를 계속하는 이유이기도 하다.

이 사회의 안전망을 함께 짜는 사람을 만날 때면 안도감이 느껴지고 내 삶의 주변이 보호받는 느낌이 든다. 우리가 빈곤한 사람, 취약한 사람들과 함께 살아갈 수 있도록 마음을 쓰는 것은 언젠가 나와 내 가족이 이용할 수도 있는 그물을 함께 짜는 것이다. 그럴 때 우리는 낯선 서로의 보호자가 되어줄 수 있다.

이제는 아는 마음

아버지가 돌아가시기 전, 폐암에 걸린 아버지 역시 팬데믹의 공격에서 비켜갈 수 없었다. 코로나19에 걸린 아버지는 폐렴까지 얻으며 어느 순간에는 목소리를 내지 못했고 몸을 움직이지 못했다. 간병을 하던 어머니마저 코로나19에 걸려 아버지 곁을 지키지 못하는 상황이었다.

나와 동생은 모두 일을 하고 있었고 아버지는 멀리 떨어진 지방의 대학병원에 입원해 있었기 때문에 우리는 아버지를 돌봐줄 간병인을 고용했다. 그러다 추석 연휴가 찾아와 나는 모든 일을 내려놓고 병원으로 향했다. 짧은 시간만이라도 손수 아버지를 돌보고 싶었다.

수시로 아버지의 혈압과 산소포화도가 떨어지고 열이 났다. 혈당이 높아지고 왼쪽 다리는 괴사되고 있었다. 한 가지 문제를 해결하면, 그 문제를 해결하는 과정에서 사용한 약물과 치료법의 부작용으로 새로운 문제가 생기는 상황이 종일 이어졌다.

아버지를 잘 간병해서 편안하게 해드리고 싶은 마음은 넘치는데, 정작 어떻게 해야 할지 몰라 우왕좌왕했다. 기저귀를 가는 법도 배우고 몸을 씻겨드리고 옷을 갈아입히는 법도 배웠지만 간병인과 다른 환자 보호자들이 어설픈 나의 손짓에 이것저것 참견했다.

"욕창 매트는 기본인데 그것도 안 깔았네."

"겉 기저귀는 테이프형이 아니라 찍찍이로 써야 갈기가 편하지."

오랜 간병으로 준의료인이 된 보호자들은 사소한 일에도 "어떡하지", "망했다"라고 추임새를 넣으며 허둥대는 나에게 사람이 왜 이렇게 힘이 없냐, 요령이 없냐, 폐암과 간병에 대해서 공부도 안했냐 등 농담하듯 타박했다.

밤에는 보호자용 간이 의자에 누워 있었는데 아버지의 작은 움직임이나 사소한 기침 소리에도 눈이 떠져 잠을 이루지 못했다. 그러나 내가 그렇게 벌떡 일어난다고 해서 아버지에게 도움되는 일은 거의 없었다.

아버지 곁을 지킨 지 둘째 날 밤, 간병인이 없는 상태에서 시트와 기저귀를 갈아야 하는 상황이 찾아왔다. 잠이 쏟아졌던 나는 가만 서 있는데도 휘청거렸다. 아버지는 나의 말귀를 알아듣지 못했고 움직이지도 못했다. 주섬주섬 기저귀와 위생 장갑을 들고 있다가 아버지가 이렇게 존엄을 지키지 못하는 상태로 지내는 게 슬프고, 한편으로는 돌아가시면 어떡하지 하는 막막한 마음에 주저앉았다. 그때 여동생이 나와 교대하기 위해 병실로 들어왔다.

엉망인 침대와 바닥, 그리고 무기력하게 앉아 있는 나를 발견한 여동생은 "으이그…… 무용지물이네"라고 하더니 자신이 할 테니 잠을 좀 자라고 했다. 나는 도움은커녕 일

272

국선변호인이
만난
사람들

만 벌이는 것 같고 할 줄 아는 게 없다는 생각에 무력감이 들었다. 곧 여동생이 망연자실한 표정으로 바닥에 쪼그려 앉아 있는 나에게 다가와 머리를 쓰다듬어 주었다.

"괜찮아. 우리 다 처음 하는 거잖아."

여동생은 나와 달리 차분하고 담담했다. 아버지의 열을 내리기 위해 물수건을 몇 번이나 갈면서 앉지도 않고 밤새 아버지 곁을 지켰다. 손도 빠르고 요령 있고 판단이 빨랐다. 좋지 않은 상황이 이어졌지만 동생은 동요하지 않으며 아버지에게 집중했고, 슬퍼하는 가족들을 위로했다. 내 동생이 이렇게 잔잔하고 단단한 사람인지 나는 미처 몰랐다.

종일 의사만 기다렸다. 드디어 마주한 의사에게 아버지의 한쪽 다리가 괴사되어 가고 있다고 했으나 의사는 아래에는 새살이 나고 있다면서 괜찮다고 했다. 또 혈압이 떨어진다고 걱정하니 진통제와 항생제, 해열제가 들어가서 떨어지는 것이니 괜찮다고 했다. 또 아버지가 통증을 호소하니 마약성 진통제를 써달라고 요청했지만 이미 썼다는 대답만 돌아왔다.

나는 성의가 없는 듯한 의사에게 서운한 마음도 들었다. 아무리 물어도 시원찮게 느껴지는 답에 불안해서 주치의가 회진할 때마다 폭발적으로 질문했다. 그러나 의사의 회진을 기다리고 있는 많은 환자들 때문에 오래 붙들고 말하기가 어려워서 늘 아쉬웠다.

나는 아버지의 바이탈 사인을 알리는 모니터가 이상하면 간호사를 부르러 달려갔다. 혈압이 너무 떨어진다고 말하자 간호사가 황급히 일어나 병실로 왔지만 이상하게 아버지의 혈압은 다시 정상적으로 돌아와 있었다. 아버지의 산소포화도가 66까지 떨어져 다시 간호사를 부르러 갔을 때도 간호사가 다급하게 병실로 들어서는 순간 정상으로 돌아왔다.

이후 혈압이 너무 낮다고 말하러 가면 간호사는 "방금 움직이신 건 아니고요?"라고 물었다. 나중에 보면 실제로 움직여서 일시적으로 떨어진 것이었다. 그러다 어느 순간 모니터에서 맥박을 체크하는 데이터가 사라졌다. 나는 혼비백산해서 간호사에게 뛰어갔다.

"선생님, 심장이 뛰지 않아요. 맥박 신호가 없어요!"

간호사가 병실로 뛰어 들어와 아버지 상태를 확인했다. 순식간에 간호사의 눈이 나무로 만든 눈처럼 냉정하게 변했다. 이어서 한숨을 쉬더니 "맥박 재는 줄이 떨어졌잖아요"라고 말했다.

아버지의 생사에 곧 나의 생사가 달린 것처럼 정신없이 연휴를 보내고 출근을 하니 전화를 기다리는 피고인들의 메모와 답변을 기다리는 피고인들의 편지, 새로 배당된 사건 기록들이 책상 위에 가득 올려져 있었다.

가득한 부름이 무겁게 다가왔다. 나는 재빨리 자리에 앉아 급한 순서대로 피고인들과 통화를 했다. 답변을 해주었는데도 반복해서 똑같은 질문을 하는 피고인, 법률상 근거가 없는 주장을 고수하는 피고인, 본인에게 불리한 주장인데도 이해를 하지 못하고 고집을 부리는 피고인 등 다양한 피고인들과 통화를 끝내고 전화기를 내려놓으니 기력이 다 빠졌다.

그러나 이 상황이 결코 힘들거나 괴롭지 않았다. 예전에는 인내와 친절로 극복한다는 생각이었는데, 아버지가 있는 병원에서 며칠을 보낸 이후 마음이 달라졌다. 피고인들의 마음을 조금은 짐작할 수 있게 되었기 때문이다. 그들은 불안했다. 그들 마음을 가득 채운 불안감이 나를 향한 부름으로 표출된 것이다. 이제 나는 그들의 불안함을 조금이나마 해소할 수 있는 부분이 있다면 적극적으로 응한다.

이어서 한 상담은 폐지를 줍다가 다른 사람이 사용하는 박스를 들고 가서 절도죄로 재판받게 된 치매 노인의 사건이었다. 그는 사건 자체를 기억하지 못했다. 그래서 그 일에 대해서는 할 말이 없었고, 딸이 맡긴 병아리를 수탉으로 키워내 되판 일화부터 자신의 아버지가 머슴을 살았을 때부터 지금에 이르기까지 장황한 가족의 일생만 풀어놓았다.

"우리 아버지가 일찍 부모님을 잃고 머슴을 살았어. 당시에는 열한 살 정도면 장가를 갔는데 우리 아버지는 스무 살 때 장가갔어. 그때 우리 어머니는 열네 살이었지……."

아흔 살이 되어도 엄마 아빠가 보고 싶은 걸까 하고 생각하며 나는 그가 무료급식소로 이동해야 하는 시간까지 말을 끊지 않고 귀를 기울였다. 마침내 일대기가 끝나고 노인이 내 방에서 나갈 때 나는 그에게서 방에 들어올 때와 달리 무언가 채워진 느낌을 발견할 수 있었다.

이후 평소와 마찬가지로 연락도 없이 잠깐만 이야기 좀 하자고 불쑥불쑥 찾아온 피고인이 여럿 있었다. 정말 잠깐일 때도 있었고 그렇지 않을 때도 있었지만 돌아가는 그들의 모습에서는 하나같이 충만해진 기분을 느낄 수 있었다. 무엇이 해결되었을 때 마음이 흡족해지면서 충만해지는 기분이다. 해결된 게 실제 문제가 아니라 그저 마음속 불안감일지라도 내가 해결할 수 있다는 사실에 나 역시 충만해졌다.

내가 국선변호인인 이유

어느 늦봄 저녁, 걷기 운동도 할 겸 재래시장에 가고 싶어서 버스에 올랐다. 집 바로 앞에 대형 마트가 있지만, 재래시장에서 채소를 살 때 소소하고 대체 불가능한 행복을 느낄 수 있어서 가끔 일부러 시장으로 향한다. 집 앞에서 버스를 타고 20분쯤 가야 하는데, 한때 내 사무실이 있었던 건물 근처에서 버스가 정체되기 시작했다. 기다림 속에서 문득 창밖을 내다보았다. 그때 약국 앞에 앉아 각종 채소를 팔고 있는 할머니가 눈에 띄었다.

　바삐 걸어가는 사람들, 인도 위를 달리는 오토바이들 사이에 앉아 있는 할머니는 너무나 작아 보였다. 저녁 무렵이었는데도 작은 바가지 위에 담아 놓은 채소들은 팔리지 않은 채 수북했다. 할머니는 위치 선정을 잘못했다. 할머니가 앉아 있던 곳 건너편에는 작은 시장이 있어서 장을 볼 사람들은 그 시장에 가서 볼 것이고, 할머니가 앉은 길목에는 커피숍과 각종 사무실만 즐비해 채소를 사갈 사람이 거의 없기 때문이다.

　나는 다음 정류장에서 내려 할머니에게 달려갔다. 할머니 앞에는 미나리와 달래, 깐 마늘, 상추, 시금치가 있었다. 채소별로 한 바가지씩 사고 별 이유 없이 미나리는 좀 더 많이 샀다. 마트보다 훨씬 저렴한 가격이었고, 할머니가 직접 키운 채소였다. 봉지를 달랑거리며 집으로 돌아오는 내내 기분이 좋았다. 미나리전을 부쳐내어 달래 간장에 찍어 먹으니 봄을 먹는 기분이 들었다. 그 기분이면 충분했다.

　어떤 사람은 일시적으로 도와주는 것은 그때 그 순간뿐

이니 의미 없다고 생각한다. 하지만 '보이지 않는 사람'으로 살아보면 그렇지가 않다. 어린 시절 할머니 집에서 살던 때가 있었다. 그때 할머니는 도라지를 캐어 장에 내다 팔았는데, 시장까지는 순례길 같은 길을 걸어가야 했다. 머리에 큼지막한 대야를 이고 산길을 통과해서 흙길을 걷고 다시 작은 국도를 위험하게 걸어야 도착할 수 있는 시장이었다.

할머니는 어디 맡길 수 없는 어린 나를 데리고 장에 갔다. 할머니 옆에 앉은 날에는 유난히 긴 하루를 보냈다. 가난이 무엇인지도 모를 만큼 어린 나이였다. 하지만 도라지를 다 팔지 못하면 할머니가 또다시 그 무거운 짐을 머리에 얹고 힘든 길을 되돌아가야 한다는 사실만큼은 알았다. 나는 할머니 옆에 앉아 있는 내내 마음속으로 도라지가 빨리 팔리기를 빌었다. 사람들이 서서 다니는 길에 앉아 밥을 먹어본 사람은 매우 근시안적이고 일시적인 도움도 얼마나 절실한지 안다.

내 또래의 여성 피고인이 있었다. 홀로 딸을 키우면서

사는 사람이었다. 형편이 어려워서 대출을 받으려다가 원금 회수용 통장을 먼저 보내라는 요청에 통장을 개설해서 대출 회사로 보냈더니 전자금융거래법위반죄라며 경찰의 연락을 받게 되었다. 대출 회사가 아니라 보이스피싱 일당이었던 것이다.

그녀가 사무실에서 상담을 마치고 돌아서는데 그녀의 면바지 엉덩이 부분이 해어져 팬티가 조금 보였다. 바지가 삭을 정도로 오래 입은 것이었다. 그녀는 학습지 교사 일을 할 때도 학부모들로부터 복장에 대한 지적을 많이 받았다고 했다. 가난이라는 것은 구체적이고 다양하게 비참하고 불편한 것이었다.

나는 그녀에게 도움을 주고 싶었다. 도움을 주고 싶은 입장에서도 거절당할 용기가 필요하다. 또 이 도움이 상대방의 마음을 다치게 하지는 않을지 조심스럽다. 나는 주저하다가 고민 끝에 피고인에게 솔직하지만 예의를 갖춰 말했다. 일단 일은 해야 하니까 옷으로 지적받지 않도록 너무 너덜거리는 옷은 입지 않는 게 좋겠다고 말이다. 그리고 당장 옷을 살 돈이 없을 테니, 나에게 작아져서 입지 못하는 깔끔한 옷들을 주고 싶다고 했다.

그러자 그녀가 머뭇머뭇하며 말했다.

"저는 55인데요……."

"잘됐네요. 저는 이제 55가 작아서요."

우리는 순간순간을 산다. 어렵고 힘든 시간 속에서도 한 순간의 기쁨으로 다시 살아갈 힘을 얻을 수 있는 것이다. 나의 순간의 도움이 누군가에게는 시간이 되어 삶을 이룬다는 것을, 그리하여 한 생이 바뀌어갈 수 있음을 믿는다. 이것이 내가 여전히 국선변호인인 이유다.

사건 너머 마주한 삶과 세상
국선변호인이 만난 사람들

1판 1쇄 발행 2023년 2월 27일
1판 3쇄 발행 2024년 4월 26일

지은이 몬스테라
펴낸이 김성구

책임편집 김초록
콘텐츠본부 고혁 조은아 이은주
디자인 이영민
마케팅부 송영우 김나연 김지희 강소희
제작 어찬
관리 안웅기

펴낸곳 (주)샘터사
등록 2001년 10월 15일 제1-2923호
주소 서울시 종로구 창경궁로35길 26 2층 (03076)
전화 1877-8941 | 팩스 02-3672-1873
이메일 book@isamtoh.com | 홈페이지 www.isamtoh.com

© 몬스테라, 2023, Printed in Korea.

ISBN 978-89-464-2234-6 03810

• 값은 뒤표지에 있습니다.
• 잘못 만들어진 책은 구입처에서 교환해 드립니다.

샘터 1% 나눔실천

샘터는 모든 책 인세의 1%를 '샘물통장' 기금으로 조성하여 매년 소외된 이웃에게
기부하고 있습니다. 2023년까지 약 1억 1,200만 원을 기부하였으며, 앞으로도 샘터는
책을 통해 1% 나눔실천을 계속할 것입니다.